BIRGIT ORTMÜLLER (HG.)

Weihnachten mit dir durchs Fenster geschaut

Geschichten für eine besondere Zeit

Butzon & Bercker

Inhalt

Vorwort	7
Vorfreude auf Weihnachten — RAINER CHINNOW	8
Keine Übernachtungsmöglichkeit — JUTTA BAMBERGER	14
Versteckte Weihnacht — MATTHIAS BLODIG	20
Weihnachtszeit – Ich will das Christkind sehen — JOSEF MÜLLER	22
Gedanken zur Weihnachtszeit — BIRGIT ORTMÜLLLER	27
Von der Weisheit einer Mandarine und Kerzen im Kühlschrank — MANUELA GARTHE	28
Mein Weihnachten — CORINNA BENDER	34
Markt und Straßen stehn verlassen — JOSEPH VON EICHENDORFF	40
Meine Puppengeschichte — CHRISTEL ULLRICH	42
Ein wenig Kind sein — IRMGARD ERATH	50
Ein fast perfekter Weihnachtsbaum — BIRGIT ORTMÜLLER	52
Christbaum — ADA CHRISTEN	57
Der Stern im Apfel — DR. REINER BRAUN	58
Weihnachten, manchmal so gar nicht festlich — HELMUT BLATT	68
Weihnachten, wie immer — JOHANNA ULRICH	74
Sterne siehst du nur im Dunkeln — HELGA MOLDENHAUER	82
Weihnachtserinnerungen — SARAH KREINER	84
Am Weihnachtsbaum die Lichter brennen — HERMANN KLETKE	90
Jesus, die Nr. 1 — DORIS DANIEL	92

Weihnachtlich leben – BIRGIT ORTMÜLLER	97
Ein unerwartetes Geschenk zur Weihnachtszeit – INGRID KRETZ	98
Der verschobene Heiligabend – ANDREAS FRIEDRICH	102
Der goldene Rahmen – THEA EICHHOLZ	110
Die Botschaft der Krippe – STEFAN WAGENER	114
Weihnachten mit neuen Nachbarn – ESTHER MANN	124
Christnacht – FERDINAND VON SAAR	130
Die Liebe und Unbekümmertheit eines Kindes – STEFAN KLEINKNECHT	132
Alle Jahre wieder – WILHELM HEY	135
Ein heiliger Weihnachtsmoment – DR. REINER BRAUN	136
Vom Himmel hoch – MARTIN LUTHER	144
Heiliger Abend – HANNE DANGMANN	146
Die abgegrabbelte Schachtel – KERSTIN WENDEL	152
Weihnachten in meiner Kinderzeit – JUDITH SCHÄFER	156
Zu Bethlehem, da ruht ein Kind – ANNETTE VON DROSTE-HÜLSHOFF	162
Ein Heiliger Abend und drei Gottesdienste – HANNAH MÜLLER	164
Stille Nacht, heilige Nacht – FRANZ XAVER GRUBER	168
Wir gehen nach Bethlehem, immer an Weihnachten – MICHAEL DINTER	170
Das Christkind kommt – BIRGIT ORTMÜLLER	178
Das Weihnachtsfest – THEODOR STORM	183
Am Abend vor Weihnachten – WILHELM LOBSIEN	184
Die Weihnachtsgeschichte nach Lukas – LUKAS 2, 1–20	186
Danke	189
Über die Herausgeberin	190

Liebe Leserin, lieber Leser,

seit Kindertagen liebe ich die Weihnachtszeit, und das hat sich bis heute nicht geändert. Ich verbinde viele wertvolle Erinnerungen mit diesen besonderen Tagen im Dezember. Ich möchte mit den Geschichten in diesem Buch die Herzen der Menschen erreichen und sie für die Weihnachtsbotschaft öffnen.

Die Weihnachtszeit ist eine Zeit der Stille und der Besinnung. Es ist mein Wunsch, die Würde und Heiligkeit, die dieser Zeit gebührt, wieder neu zu erwecken und Ihnen Momente der Erinnerung und des Innehaltens zu schenken. Alle Geschichten erzählen von dem Kind in der Krippe und der Liebe Gottes, die an Weihnachten so deutlich spürbar ist.

Ihre Birgit Ortmüller

VORFREUDE AUF
Weihnachten

„Seit Wochen freue ich mich schon auf diese Tage! Abends wälze ich Kochbücher und lese Rezepte. Das ist einfach wunderbar! Schon beim Lesen habe ich den Geschmack der leckeren Köstlichkeiten auf der Zunge, rieche den Duft im Haus und stelle mir vor, mit wem ich stundenlang koche! Ach, ich kann kaum erwarten, dass es endlich Weihnachten wird!", erzählt Sylvia. Ihr Gesicht ist ganz rot, wobei unklar ist, ob vor Freude oder vom Glühwein.

Sylvia ist ein bekennender Weihnachtsfan. Es stört sie nicht, dass die Läden schon im sommerlichen September Marzipankartoffeln, Weihnachtsmänner und Zimtsterne zum Verkauf anbieten. Im Gegenteil. Es steigert ihre Vorfreude auf die schönsten Tage im Jahr. Weihnachten kommen die Kinder mit Partnerinnen und Partnern, mit Enkelkindern und manches Jahr auch mit den dazugehörigen Eltern und Freunden. Weihnachten wird der Tisch ausgezogen und gefeiert. Weihnachten wird noch im letzten Winkel eine Matratze ausgerollt, niemand soll vor Einsamkeit frieren.

„Und wenn es Streit gibt? Oder deine Tochter dieses

Jahr nicht kommen kann? Oder deine Schwiegersöhne keine Lust auf Großfamilie haben? Ich freue mich nicht auf Weihnachten. Ehrlich gesagt, mache ich mir gar keine Gedanken um die Festtage. Franziska und ich haben beschlossen, uns nichts mehr zu schenken. Wir haben alles. Und was wir brauchen, das können wir uns kaufen. Ich finde ohnehin, dass wir viel zu viel Zeugs haben. Und dieses ganze Vorbereiten und Schenken und Sich-Gedanken-um-andere-Machen bringt sowieso nichts. Am Ende wird es nie so, wie man es sich vorgestellt hat. Nee, je intensiver die Vorfreude, desto größer die Enttäuschung!", erwidert Heiko. Er fürchtet diese Tage am Ende des Jahres. Mit Franziska, seiner dritten Partnerin, führt er seit einigen Jahren eine abgeklärte Partnerschaft. Keine großen Gefühle. Gemeinsame Interessen, gemeinsamer Urlaub. Zwei Wohnungen. Feste Zeiten, zu denen beide in der Woche etwas unternehmen. „Unser Arrangement gegen die Einsamkeit des Alleinseins", hat er es einmal halb spöttisch, halb ernst genannt.

„Vorfreude ist der Sonnenstrahl von morgen!", erwidert Sylvia und ihre Stimme bebt dabei etwas vor Trotz und Verletzung. Sie hat nicht ganz zu Unrecht das Gefühl, dass Heiko sie provozieren will.

Heiko sagt: „Damals, als Maria schwanger war, da hat sie sich bestimmt nicht gefreut! Worauf auch? Die Familie war zum ersten Weihnachtsfest weit weg, Josef eher geduldet als geliebt. Von festlichem Essen wird nichts erzählt. Und im Stall war es zugig. Hätten da nicht Ochs und Esel gestanden und etwas Wärme abgegeben, dann hätte das Jesuskind in der Krippe auch noch gefroren. Da war nix mit: ‚Vorfreude ist die schönste Freude!'" Er schaut mich an und fragt: „Oder, Rainer, liege ich da falsch?"

„Also, der Evangelist Lukas erzählt allerdings, dass Maria sich auf das Kind, das in ihr heranwuchs, gefreut hat. Denn von diesem Kind hatte ein Engel erzählt, dass es die Mächtigen vom Thron stürzen wird."

Heiko unterbricht mich: „Gehört die Vorfreude zu Weihnachten? Oder nicht?"

Ich erwidere:

Jedes Jahr zur Weihnachtszeit werden wir daran erinnert, dass Gott die Welt verändert hat. Macht, Gewalt und menschliches Elend sind nicht sein Wille. Einmal im Jahr zur Weihnachtszeit gilt: Frieden und Harmonie und ein Platz am Tisch für jedermann und jedefrau in unseren Häusern!

Ja, Heiko, die Weihnachtszeit ist für mich ein Grund zur Freude! Ich glaube, dass diese Freude wachsen darf, ja in uns Menschen wachsen muss. Ich stelle mir vor, dass dieses Wachsen der Freude Maria als Erste gespürt hat. Wenn du mich also fragst: ‚Gehört die Vorfreude zu Weihnachten?' Unbedingt ja! Und alle unsere Bräuche und Rituale, die wir pflegen, alle Bilder, die wir im Kopf zu Weihnachten haben, alle Briefe und Präsente, die wir versenden und verschenken, sind für mich Ausdruck dieser Welt, die mit der Geburt Jesu auf Erden begonnen hat.

Wenn Weihnachten gelingt, dann haben wir gespürt, wie Leben auf Erden sein kann.

Und darauf freue ich mich. Jedes Jahr. Schon Wochen vorher."

RAINER CHINNOW

WENN *Weihnachten* GELINGT, DANN HABEN WIR GESPÜRT, WIE LEBEN AUF ERDEN SEIN KANN.

RAINER CHINNOW

KEINE
Übernachtungsmöglichkeit

Herbst, während der Coronakrise checkten mein Mann und ich für eine Übernachtung in einem Hotel in Mönchengladbach ein. Es war eine der wenigen Wochen, in der zwar Hotelübernachtungen noch möglich waren, aber die sogenannte Inzidenzzahl des Landkreises bereits kontrolliert wurde, aus dem man anreiste. Wir hatten Glück. Die Zahl unserer Heimat war noch moderat, ließ eine Übernachtung zu. Noch! Weniger Freude hatte eine Familie, die ebenfalls hier übernachten wollte. Gebucht hatte sie schon vor einiger Zeit, sie war auf der Durchreise und wollte bereits am nächsten Tag weiter. Von einer langen Fahrt ermüdet, kam sie am späten Abend im Hotel an. Es war bereits dunkel und still um diese Zeit, Anfang Oktober. Beim Einchecken kontrollierte die Dame am Empfang ganz nach Vorschrift die Postleitzahl und musste dann den müden und ausgelaugten Gästen sagen, dass sie leider nicht bleiben dürften, da sie aus einem Gebiet anreisten, in dem es bereits sehr viele Coronafälle gäbe. Sprich, ein zu hoher Inzidenzwert.

Peng! Das saß! Was nun?

Ich weiß nicht, wie es mit der Familie weiterging und warum sie nicht vorher informiert wurde. Aber ich

fühlte mich erinnert an eine sehr bekannte Geschichte, die bereits vor mehr als 2000 Jahren passierte. Ihr kennt sie alle! Da hieß es auch – kein Raum, zieht weiter! Bis sie zu einem Gastwirt kamen, der ihnen einen Platz in seinem Viehstall anbot. Ihr wisst, von wem ich da erzähle. Ähnlich fassungslos wie diese Familie in Mönchengladbach waren auch Josef und Maria.

In der Pandemie erlebten wir eine Zeit, in der einfach nichts mehr war, wie wir es über so viele Jahre hinweg gewohnt waren. Alles war irgendwie anders, selbst in der Advents- und Weihnachtszeit. Auch wenn uns das nicht passte und wir so manches Mal schimpften. Aber ist es auch nicht irgendwie absehbar gewesen? Seit einigen Jahrzehnten geht es nur um eins: schneller, effektiver, billiger, weiter, abenteuerlicher, höher!

Das geht nur eine gewisse Zeit lang gut und es bleibt vieles auf der Strecke. Die Coronazeit hat uns einfach ausgebremst, es betraf jeden! Jeder von uns musste sich umstellen, einstellen, musste umdenken und nachdenken.

„Ausgebremstsein" und die Ruhe, die entsteht, hielt und hält etwas für uns bereit. Da bin ich mir sicher. Natürlich kann man die aufkommenden Gedanken durch „Seriensehen" in endloser Dauerschleife im Keim ersticken. Aber irgendwann kommt sie doch, die Frage nach dem „Was bleibt?" und „Was trägt?". Sehr gut

beraten ist dann der, der die Antworten auf diese Fragen nicht in sich selbst zu finden versucht. Halt geben kann mir nur etwas, das außerhalb meiner selbst ist.

Jeder würde sich über einen Menschen lustig machen, der stehend im schwankend fahrenden Bus Halt sucht, indem er sich selbst am Kragen packt! „Wie dumm ist das denn?", würden wir sagen.

So war es während Corona und so ist es auch heute, in dieser Zeit.

Such Halt bei dem, der unruhige Zeiten kennt. Bei Jesus! Er weiß, was du brauchst. Gerade jetzt!

Sinnbildlich gesprochen: Geh auf ihn zu, such das Gespräch und höre. Höre zu! Dazu gehört die Stille, die Abwesenheit von Hektik und Trubel. Nur dann können wir hören und erkennen.

Nimm dir die Zeit und höre und lass dich durch dieses Weihnachten verändern. Höre, entdecke und werde kreativ.

JUTTA BAMBERGER

SUCH HALT BEI DEM,
DER UNRUHIGE
ZEITEN KENNT.

Bei Jesus!

ER WEISS,
WAS DU BRAUCHST.
GERADE JETZT!

JUTTA BAMBERGER

NIMM DIR
DIE ZEIT UND HÖRE
UND LASS DICH DURCH
DIESES WEIHNACHTEN
VERÄNDERN. HÖRE,
ENTDECKE UND WERDE
kreativ.

JUTTA BAMBERGER

VERSTECKTE
Weihnacht

Wenn bunt das Blattwerk Bäume schmückt,
der Winter immer näher rückt,
es um Nikolaus schon etwas schneit,
dann ist auch Weihnacht nicht mehr weit!

Dann kommt die Zeit, wo man sich denkt,
was man dem anderen am besten schenkt?
Und was der andere für mich wählt,
ob's ähnlich schön und ähnlich zählt?

So wird aus der Besinnlichkeit und Ruhe,
und mitunter auch frömmlichem Getue,
eher eine Zeit aus gehetztem Treiben,
wo Nächstenliebe und Liebe liegen bleiben.

Kommt man aus dem Grübeln nicht mehr raus,
so hilft die Werbung gerne aus.
Denn sie allein weiß immer Rat,
was Junior und Co am liebsten hat.

Dank Psychologen und Menschenkenner
gibt es jedes Jahr auch einen Renner.
So bestimmt die Werbung zensurbefreit
das „In and out" zur Weihnachtszeit.

Was früher Puppen, Schlitten, Schaukelpferd,
auch Bauklötzchen waren sehr begehrt,
sind heute Computerspiele, die man erwirbt,
am besten welche, wo etwas stirbt.

Ein Kindlein wurde uns geboren,
des Festes Sinn jedoch, der ging verloren.
Ganz egal, was der Nächste mag,
Hauptsache, ein weiterer Feiertag.

Jedoch ist gerade dieses Kind,
das Freude, Hoffnung, Frieden bringt,
das wahre Licht in dieser Welt,
welches uns trägt und im Leben die Weichen stellt!

MATTHIAS BLODIG

WEIHNACHTSZEIT – ICH WILL DAS
Christkind sehen

Wenn ich an die Weihnachtszeit als Kind zurückdenke, dann kommt in mir eine ganz besondere innere Ruhe und ein wunderbarer Frieden auf.

Oft versuche ich, dieses Feeling von früher auch heute noch jedes Jahr im Dezember einzufangen, aber es gelingt mir nicht. Leider!

Ich weiß nicht, ob es früher ruhiger war und die Menschen besinnlicher drauf waren als heute. Jedenfalls gelingt es mir heute überhaupt nicht mehr, mich im Advent in eine Weihnachtsstimmung zu versetzen.

Jedes Jahr, wenn die Adventszeit naht, nehme ich mir neu vor: „Schalte zwei Gänge runter, Josef. Bereite dich schön vor auf das Fest der Geburt Jesu. Lass Ruhe in dein Leben einkehren. Es gibt nichts, was nicht auch im Januar erledigt werden kann."

Die Vorsätze sind sehr gut und ich nehme mir auch praktisch vor, am Abend nicht mehr so lange im Büro zu sein. Ich möchte dem Leser und der Leserin mitteilen, dass ich mein Büro, das meine frühere Steuerkanzlei war, in meinem eigenen Wohnhaus habe. Und da rate ich jedem von

ab, weil man ständig noch Dinge zu tun hat – und sie dann auch wirklich erledigt –, die man nicht angreifen würde, wenn das Büro ein paar Straßen weiter oder in einer anderen Stadt liegen würde. Und wenn es nur ein paar Meter vom Wohnzimmer ins Büro sind – und ich nur „ganz schnell" eine Kleinigkeit am Computer zu erledigen habe, dann mach ich es halt jetzt, dann muss ich es mir nicht aufschreiben. Leider habe ich hier die Erfahrung gemacht, dass dann plötzlich die Zeit sehr viel schneller läuft als außerhalb, denn plötzlich werden aus Minuten Stunden. Und ich wollte doch weniger arbeiten im Dezember, um Platz zu schaffen für die Vorbereitung der Ankunft des Königs.

Also bleibt es in der ersten Adventswoche mal so wie immer. Ist ja noch so lang hin bis Weihnachten.

Ich nehme schon bewusst keine Einladungen zu Weihnachtsfeiern an, so wie früher, da war ich stolz, dass man mich überall dabeihaben wollte. Nein! Heute geh ich auf keine Weihnachtsfeier! Obwohl es schon schön wäre, mal wieder besonders gute Leckereien und Spezialitäten zu speisen. Vielleicht kommt da etwas Weihnachtsstimmung auf? Leider kann ich nur berichten, dass auf den Weihnachtsfeiern, bei denen ich zu Gast war, Alkohol in Mengen floss.

„Da muss doch also noch viel Zeit übrigbleiben", denke ich, „wenn du schon am Abend nicht auf einer Christmas Party abhängst."

Aber die Praxis sieht anders aus. Peng! Schon wieder ein Adventswochenende. Bisher keine Weihnachtsstimmung und kein Frieden eingekehrt. Wodurch auch? Ich glaube, dass im Dezember die Zeit schneller vergeht, und ich empfinde es so, dass es einen Organisator im Überirdischen gibt, der mir immer im Dezember besonders viel Arbeit zuschiebt. Was? Schon der vierte Advent? Und immer noch kein bisschen Christmas feeling. Da denke ich an ein Weihnachten damals in New Jersey, USA, da schneite es wenigstens richtig. Kein Wunder, dass ich meine Life-Work-Balance hier nicht hinbekomme, wenn es nur trist und grau vor meinem Fenster ist. Ich blicke in großer Front in einen wunderschönen Garten, der mein Haus im Sommer großzügig mit begrünten Sträuchern und bunten Blumen umrandet. Aber jetzt vor Weihnachten könnte der Anblick problemlos die Grundlage für eine Winter-Depression liefern.

Plötzlich fällt mir etwas sehr Schönes ein. Ein Ritual aus meiner Kindheit mit meinem Vater. Es wiederholte sich jedes Jahr:

Immer am Heiligen Abend ging mein Vater mit mir nach Einbruch der Dunkelheit in den ersten Stock unseres Wohnhauses auf den Balkon. Er erzählte mir, dass wir jetzt nach dem Christkind und seinen Engeln Ausschau halten würden. Irgendwie war der Himmel immer sternenklar, so erinne-

re ich mich an damals zurück, mit vielen funkelnden Lichtern am Firmament. So standen wir nun da und starrten in den Himmel. Nichts tat sich. Nur kalt war es – sehr kalt. Aber die Erwartung, dass ich dieses Jahr selbst einen Engel oder vielleicht sogar das Christkind fliegen sehen würde, ließ mich die Kälte auf dem Balkon in der Dunkelheit vollkommen vergessen. Plötzlich schrie mein Vater auf und sagte zu mir ganz aufgeregt: „Hast du es gesehen? Gerade ist das Christkind vom Himmel herunter und ins Wohnzimmer hineingeflogen."

Ich sah das Christkind natürlich wieder nicht, so wie die Jahre zuvor, und war enttäuscht. Ich verstand damals nicht, warum mein Vater das Christkind sah und ich scheinbar zu langsam mit meinen kleinen Augen war. Wir gingen dann beide hinunter ins Wohnzimmer, wo meine Mutter schon auf uns vor einem wunderschönen Christbaum wartete, und sahen, was das Christkind alles gebracht hatte. Wir freuten uns alle über die reiche Bescherung.

Ich aber dachte schon heimlich an das nächste Jahr und nahm mir fest vor, das Christkind einmal beim Fliegen mit eigenen Augen sehen zu können.

JOSEF MÜLLER

WENN ICH AN DIE WEIHNACHTSZEIT ALS KIND ZURÜCKDENKE, DANN KOMMT IN MIR EINE GANZ BESONDERE INNERE RUHE UND EIN WUNDERBARER *Frieden* AUF.

JOSEF MÜLLER

GEDANKEN ZUR
Weihnachtszeit

Keine Zeit des Jahres bewegt
unsere Seele tiefer
als die Weihnachtszeit.

Die grenzenlose Liebe Gottes
zeigt sich der Menschheit
in der Geburt seines Sohnes.
Auch wir werden geboren,
um diese Liebe zu empfangen.

BIRGIT ORTMÜLLER

VON DER WEISHEIT EINER MANDARINE UND
Kerzen im Kühlschrank

Ja, komm herein und schau dich ruhig um. Du wirst bei mir – je nach Lebensphase und wo ich da gerade gelebt habe – etwas anderes entdecken.

In meiner Kinder- und Jugendzeit wuchs ich auf dem Land in der Lüneburger Heide auf. Im Winter rodelten wir Kinder in unserer Siedlung die leicht abschüssige Straße herunter, bauten Schneemänner und lieferten uns Schneeballschlachten.

Schon zwei Tage vor Heiligabend war das Wohnzimmer vor uns Kindern verschlossen. Das weckte erst recht meine Neugier! Ich erinnere mich an meinen Versuch, durchs Schlüsselloch zu gucken, um einen kleinen Blick auf den Tannenbaum zu erhaschen – aber wie enttäuscht war ich, als ich nur auf das Ende vom Schlüssel sah. Wenn es dann endlich so weit war, dass sich die Tür öffnete, waren meine Schwester und ich vor Spannung kaum zu halten.

Was für ein Leuchten und Strahlen ging von den Kerzen am Baum aus. Auf dem Gaben-

tisch stand schon für jedes von uns Kindern ein bunter Weihnachtsteller bereit. Umgeben von Nüssen prangte und leuchtete mir eine Mandarine entgegen, meine Lieblingsfrucht.

Mit 23 Jahren erlebte ich zum ersten Mal in meinem Leben, dass es keinen Herbst, Winter und Frühling, sondern nur den Sommer mit Regen und Trockenzeiten gab. So sorgten die Temperaturen dafür, dass ich schwitzte: im Sitzen, im Liegen, beim Gehen, direkt nach der kalten Dusche …! Über zehn Jahre lebte ich mit meinem Mann und später auch unseren Kindern in dem tropischen Land Indonesien. Überall grünte und blühte es, und das auch im Dezember.

Folgende Begebenheiten aus dieser Zeit sind für mich untrennbar mit der Advents- und Weihnachtszeit verknüpft:

Es war der 1. Advent. Mit Sonnenaufgang um 6 Uhr wurden wir abrupt aus dem Schlaf gerissen und glaubten zu träumen. Es schallte aus knisternden Lautsprechern über den Dorfplatz: „I'm dreaming of a white Christmas!" Da dachten wir nur: „Davon können die Bewohner Indonesiens lange träumen!"

Festlich geschmückte Palmpflanzen und auch mal ein Weihnachtsmann, der an einer Moschee hochkletterte, waren mehr angesagt als Schnee. Die Kerzen für den Tannen-

baum wurden, wenn genug Strom da war, erst einmal im Kühlschrank, oder wenn der Strom mal wieder ausfiel, im kalten gemauerten Wasserbecken vorgekühlt, damit sie sich nicht so schnell in der Hitze verbogen. Als Adventsschmuck spickte ich Mandarinen mit Nelken – der Duft bleibt mir unvergesslich. Dazu kamen Zimtstangen, die von der Rinde der Zimtbäume geschnitten wurden.

Was diesen unterschiedlichen Arten, Weihnachten zu feiern, die Tiefe gibt, ist die unerschütterliche Freude an Jesus, dem Geschenk Gottes für mich und alle Menschen auf dieser Welt. Das, was mich von Kindheit an bis heute ins Staunen bringt, ist die Liebe Gottes zum Detail, im Kleinen.

Dass der allmächtige Gott Jesus als Baby in diese Welt gesandt hat – greifbar, anfassbar, um uns Frieden mit Gott zu bringen.

Bis heute gehört die Mandarine, ihr Duft und Geschmack und auch ihre Weisheit, für mich mit zu Weihnachten. Durch ihre Beschaffenheit fragt sie mein Innerstes an, ob ich mich eher als Zwiebel verstehe oder eher als Mandarine. Wenn mich jemand beleidigt oder verletzt, durchdringt mich dieser Schnitt von außen

durch und durch wie bei einer Zwiebel? Aber wenn dieser Schnitt mich von oben nach unten trifft, verletzt es nur eine Spalte oder Facette meines Lebens wie bei einer Mandarine? Ich habe durch Jesus Christus die Wahl und die Kraft, mich zu weigern, beleidigt oder verletzt zu sein. Und jedes Mal, wenn ich das ausspreche, dann darf ich Gottes Frieden erfahren. Das erlebe ich immer wieder. Und wenn ich eine Mandarine sehe, dann denke ich daran.

Unser Jüngster, der auch eine Vorliebe für Mandarinen hat, erfand statt Whisky-Tasting zur Weihnachtszeit ein Mandarinen-Tasting. Und tatsächlich: Jede Mandarine hat ihre eigene Nuance. Viel Freude beim Entdecken der Mandarine und ihrer Weisheit!

MANUELA GARTHE

WAS DIESEN
UNTERSCHIEDLICHEN ARTEN,
WEIHNACHTEN ZU FEIERN,
DIE TIEFE GIBT, IST DIE

unerschütterliche

FREUDE AN JESUS,
DEM GESCHENK GOTTES
FÜR MICH

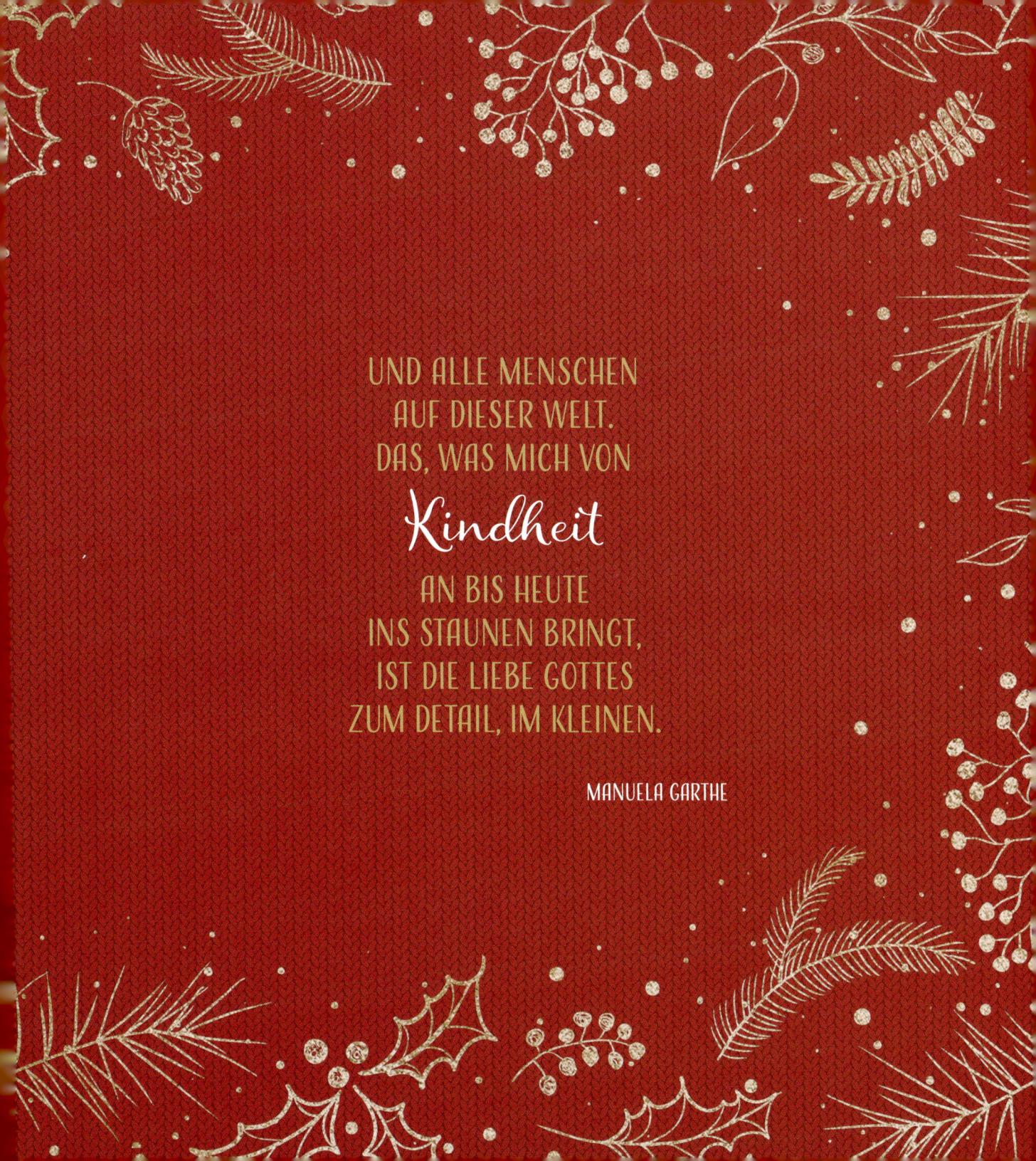

UND ALLE MENSCHEN
AUF DIESER WELT.
DAS, WAS MICH VON

Kindheit

AN BIS HEUTE
INS STAUNEN BRINGT,
IST DIE LIEBE GOTTES
ZUM DETAIL, IM KLEINEN.

MANUELA GARTHE

MEIN
Weihnachten

16. Dezember: Da sitze ich und überlege, wie eigentlich „mein Weihnachten" aussieht. Weihnachtszeit ist die Jahreszeit, das wissen die jungen Eltern unter uns, in der die Kinder alle paar Tage einen anderen Infekt mit nach Hause bringen. Steht gerade keine Krankenpflege auf dem Programm, findet sich allerhand anderes auf meiner To-do-Liste: Der Adventskalender muss bestückt werden, die Schule braucht Unterstützung beim Plätzchen-Backen, Geschenke für die Lehrer soll es auch geben und die Omas wollen den Kindern etwas ganz Besonderes schenken. Seit Wochen denke ich darüber nach, was meine Kinder erfreuen könnte, die schon selbst sagen, dass sie eigentlich nichts brauchen. Innerlich stöhne ich, wenn der siebzehnte Schoko-Nikolaus für meine Kinder ins Regal wandert, weil es wieder mal jemand gut meinte. Da haben wir nun Schokoladenvorräte, die wir auch bis Ostern nicht aufessen können.

Wehmütig denke ich an früher zurück. Da gab es weniger und die Erfüllung war größer. In Gedanken reise ich durch die Stationen meines „kindlichen"

Weihnachten. Schon im November habe ich den Tag herbeigesehnt, an dem ich endlich meine bunte Lichterkette ans Fenster hängen durfte.

Natürlich ohne LEDs und die acht verschiedenen Leuchtmodi, die heutzutage meine Kinder vom Schlafen abhalten. Ich habe es geliebt, während der Dämmerung zu beobachten, wie sich die Lichter vor dem dunkler werdenden Himmel abhoben.

Am 1. Dezember hängte meine Mutter den liebevoll dekorierten Adventskalender in der Küche auf. Ein bestickter Wandbehang mit Weihnachtsmotiv und kleinen Ringen, an denen sie verschiedene Schokokugeln befestigte. Sie waren nicht extra in Säckchen verpackt, aber besaßen alle ein so herrlich glänzendes Papier, dass ich nicht müde wurde, die bunte Pracht an der Wand anzuschauen.

Am 6. Dezember raschelte es geheimnisvoll vor meiner Zimmertür und ich fand meinen Adventsteller mit Lebkuchen, Mandarinen und anderen kleinen Schokoüberraschungen vor.

Am Vorabend des dritten Advents konnte ich vor Aufregung fast nie schlafen, denn am frühen Morgen bauten die Händler des Weihnachtsmarktes bei uns im Ort ihre Stände auf. Ich empfand es als unglaubliche Freude, dass unsere

Straße sich mitten im Weihnachtsmarktareal befand. Meine Eltern vermutlich weniger. Schon um 6 Uhr morgens beobachtete ich von meinem Fenster aus, wie sich die graue Straße langsam in eine funkelnde Weihnachtslandschaft verwandelte. Den ganzen Sonntag verbrachte ich auf dem Markt oder beobachtete durchs Fenster das bunte Treiben.

Drei Tage vor Heiligabend stellten wir den Baum im Wohnzimmer auf. Die dunkelrot schimmernden Glaskugeln mit goldenen Ornamenten inmitten der duftenden Tannenzweige waren ein Anblick, den ich als besonders feierlich empfand.

Am 24. Dezember trieb mich meist die Erwartung aus dem Bett und ich setzte mich schon frühmorgens unter den Weihnachtsbaum. Die Bescherung gab es erst am Abend, aber ich liebte diese erwartungsvolle Stimmung neben der geschmückten Tanne und später die festliche Atmosphäre in der Kirche.

Ich bekam nicht übermäßig viele, aber immer heiß ersehnte Geschenke. Diese lagen im Wohnzimmer bereit, das man erst nach dem Klingeln des Glöckchens betreten durfte.

Heute, fast 30 Jahre später, stimmt es mich tatsächlich ein wenig traurig, dass sich manches Schöne von damals nicht mehr ins Heute holen lässt. Weil ich erwachsen geworden bin, weil die Zeit nicht stillsteht, weil unsere Gesellschaft sich verändert … Was also bleibt? Der Grund, warum ich Weihnachten feiere, bleibt:

Ich feiere, dass der, der da war und der da ist und der da bleibt, als Mensch auf die Erde gekommen ist: Jesus Christus.

Mein Retter, mein Begleiter, mein Versorger, dessen Liebe sich auch nach 30 Jahren zu mir nicht ändert. Das ist mein Weihnachten!

CORINNA BENDER

ICH FEIERE,
DASS DER, DER DA WAR
UND DER DA IST
UND DER DA BLEIBT,
ALS MENSCH AUF DIE ERDE
GEKOMMEN IST:
Jesus Christus.

CORINNA BENDER

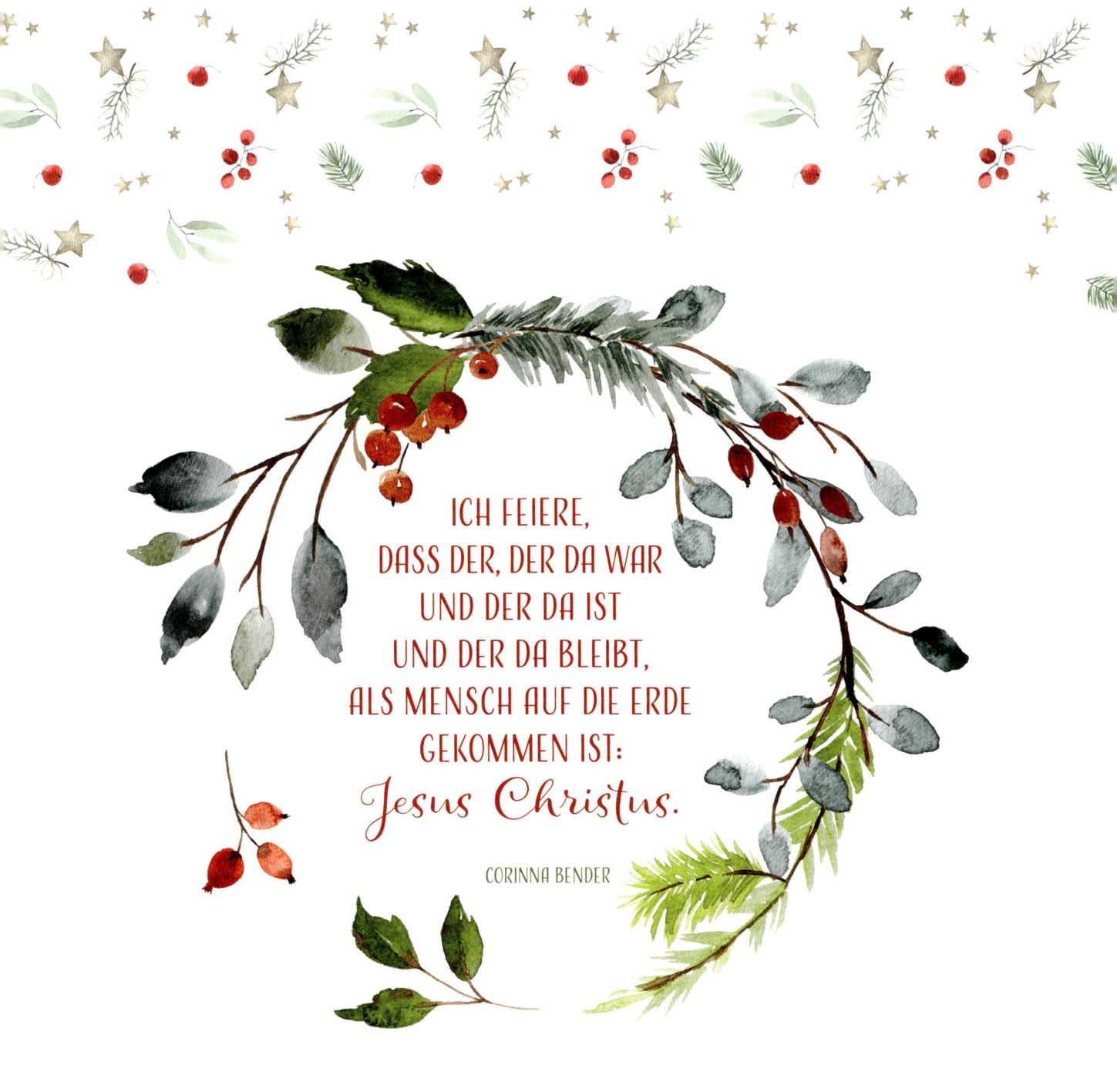

MARKT UND STRASSEN
stehn verlassen

Markt und Straßen stehn verlassen,
still erleuchtet jedes Haus,
sinnend geh ich durch die Gassen,
alles sieht so festlich aus.

An den Fenstern haben Frauen
buntes Spielzeug fromm geschmückt,
tausend Kindlein stehn und schauen,
sind so wunderstill beglückt.

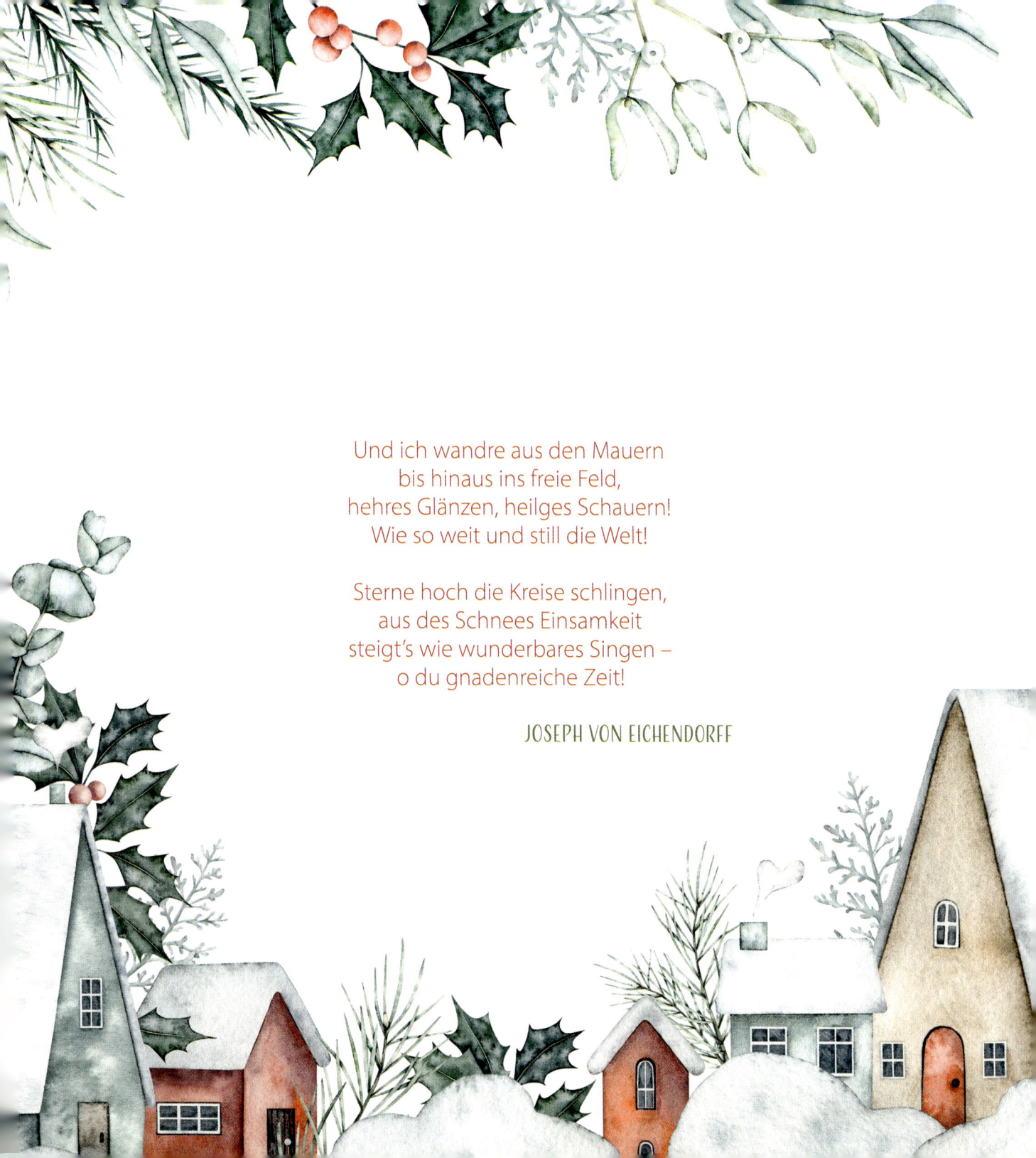

Und ich wandre aus den Mauern
bis hinaus ins freie Feld,
hehres Glänzen, heilges Schauern!
Wie so weit und still die Welt!

Sterne hoch die Kreise schlingen,
aus des Schnees Einsamkeit
steigt's wie wunderbares Singen –
o du gnadenreiche Zeit!

JOSEPH VON EICHENDORFF

MEINE *Puppengeschichte*

Liebe Antonia,

zu dem Püppchen, das ich dir als Spielzeug und auch als Andenken an mich, deine Uroma, schenke, habe ich dir meine persönliche Puppengeschichte aufgeschrieben.

Ich hoffe, du hast ganz viel Freude mit deinem Puppenkind!

Als kleines Mädchen wünschte ich mir ganz sehnlich eine schöne Puppe zum Spielen und Knuddeln. Sie sollte richtige Haare haben und „Mama" rufen können.

„Ja", sagte meine Mutter, „sei mal schön brav, dann bringt das Christkind dir vielleicht eine Puppe."

Es war Weihnachten … leider hatte das Christkind die Puppe vergessen!

Meine Mutter hätte dem Christkind gerne eine Puppe mitgegeben, aber man konnte nicht wie heute in ein Geschäft gehen und ein Spielzeug kaufen. Nein, das war nicht einfach, denn es war Krieg und die Geschäfte waren gar nicht alle geöffnet oder hatten einfach keine Ware mehr. Die Puppenmacher-Fabriken konnten keine Spielsachen mehr herstellen, sondern mussten Anziehsachen und Schuhe oder Mützen für die Soldaten anfertigen, weil ganz viele Männer im Krieg waren.

Der schlimme Krieg begann, als ich ein Jahr alt war, genau an meinem ersten Geburtstag, am 1. September 1939, und dauerte bis zum 8. Mai 1945.

Es gab keine Puppen, keine Puppenwagen, keine Teddys, keine Fahrrädchen, keine Spielzeugautos, keine Schaukelpferde, keine Baukästen und viele andere Dinge auch nicht. Manche Kinder hatten das Glück, dass von den Eltern noch Spielsachen vorhanden waren; die wurden vom Speicher geholt, abgestaubt und brachten den Kindern so viel Freude.

Wenn wir Geburtstag hatten oder das Christkind erwartet wurde, dann hatten wir Wünsche, die sich oft nicht erfüllen ließen.

Ich wünschte mir immer und immer eine Puppe, die Haare hatte und eine Stimme! Es gab damals Puppen, wenn man die hin- und herbewegte oder umdrehte, dann riefen sie „Mama!" Oh ja, eine solche Puppe wünschte ich mir gar sehr.

Dann passierte Folgendes. Aus der großen Stadt Duisburg zog eine Familie in unsere Nachbarschaft. Deren Tochter Karin war genauso alt wie ich und hatte eine Puppe mit Haaren und „Mama"-Stimme. Ich durfte sie nicht anfassen, denn Karin hatte

Angst, die Puppe, sie hieß Lotti, würde kaputtgehen. Nur anschauen durfte ich sie … Oh, war das schrecklich! Ich wollte sie so gerne auch einmal drehen, damit Lotti auch bei mir einmal „Mama" rufen würde. Aber Karin war unerbittlich. Umso größer wurde meine Sehnsucht nach einer eigenen „Mama"-Puppe!

Dann war wieder Weihnachten. „Mal sehen", sagte meine Mutti, „vielleicht bringt ja das Christkind dieses Jahr eine Puppe!" Ich war schon sehr gespannt und aufgeregt. Dann war es endlich so weit und das Christkind brachte tatsächlich eine Puppe.

Meine große Freude war jedoch ganz schnell getrübt. Meine Mutti sagte: „Na, was ist? Gefällt dir deine Puppe nicht?"

Vielleicht habe ich ein bisschen geweint, denn meine Puppe hatte Haare aus Wollfäden, einen Kopf aus ganz kaltem Porzellan und Arme und Beine, die ein bisschen komisch aussahen. Ein Kleid hatte sie an und kleine gestrickte Söckchen an ihren seltsamen Füßchen. So ganz richtig liebhaben konnte ich diese Puppe nicht, denn „Mama" hat sie nie zu mir gesagt, weil in ihrem Bauch Sägemehl war, aber keine Stimme.

Später, als ich älter war, hat meine Mutter mir erzählt, wie schwierig es überhaupt war, diese Puppe für mich herzurichten. Mutti hatte nur den nackten Porzellankopf irgendwo aufgetrieben. Weil ich mir aber eine Puppe mit Haaren wünschte, hat sie ganz viele Wollfäden auf diesen Puppenkopf geklebt, dann aus Stoff für die Puppe einen Balg genäht, so nennt man den Teil, welcher am Kopf befestigt werden muss, also den Hals, die Brust, den Bauch, den Po, daran die Arme und Beine. In diese Stoffteile hat sie dann Sägemehl eingefüllt, damit das Püppchen einen Körper hatte. Danach hat sie noch Kleidchen genäht und die Söckchen gestrickt. Es war ganz viel Arbeit für meine Mutter, nur konnte ich ihre Mühe als kleines Mädchen noch nicht richtig einschätzen und war erst einmal traurig, weil meine neue Puppe keine „Mama"-Stimme hatte und seltsam aussah. Ich gab ihr den Namen „Moni".

Später bekam ich dann noch einen hölzernen Puppenwagen, den meine Mutter gegen ein Paar Schuhe eingetauscht hatte. Ja, damals wurde oft etwas getauscht. Man konnte für Geld nichts kaufen, weil es keine neuen Sachen gab. Aber wenn man Glück hatte und jemanden fand, der etwas tauschen wollte, und man selbst etwas besaß, was der andere gerne haben wollte, dann machte man eben einen solchen Tauschhandel. So bekam ich den Puppenwagen. Er war rosa angestrichen und die Rädchen schlabberten immer so seltsam, denn sie waren auch aus Holz und nicht gut gelagert. Aber ich hatte nun einen Puppenwagen und eine Puppe, aber eben keine „Mama"-Puppe.

Eines Tages passierte ein großes Malheur. Meine Cousine und ich spielten mit unseren Puppen. Ich war wohl etwas zu hastig und ließ meine fallen. Sie fiel ausgerechnet auf ihren Kopf und hatte … na klar, der war ja aus Porzellan, ein großes Loch halb am Kopf und noch halb im Gesicht. Sie hatte jetzt nur noch eine Gesichtshälfte mit einem Auge. Oh Gott, war das schrecklich und traurig zugleich.

Da habe ich doch sehr geweint, denn auch wenn meine Moni nicht ganz sooo schön war, hatte ich sie doch mittlerweile auch liebgewonnen. Reparieren konnte man den zerschlagenen Kopf nicht. Also hatte ich wieder keine Puppe, aber immer noch die Sehnsucht nach der „Mama"-Puppe mit Haaren.

Der Krieg war vorbei, aber einfach etwas kaufen konnte man noch immer nicht. Viele Häuser waren zerstört und auch die Fabriken hatten kein Material, keinen Strom und auch keine Arbeiter, weil viele Männer nicht wieder zurückkehrten oder lange in Gefangenschaft waren. Man musste mit ganz wenig auskommen. Die Menschen in den Dörfern hatten es besser, weil sie in ihren Gärten und auf den Feldern

Gemüse, Kartoffeln und Getreide anbauen konnten.

Als ich zehn Jahre alt war, gab es eine Währungsreform, das heißt, es gab neues Geld, und mittlerweile hatten auch manche Fabriken oder Handwerksbetriebe ihre Arbeit wieder aufgenommen.

Von nun an konnte man auch allmählich in den Geschäften wieder etwas einkaufen: Stoffe für Kleider, Wolle für Stricksachen, Schuhe und auch Spielzeug. Es gab auch wieder Schokolade.

Meine Mutter hatte nicht vergessen, dass ich mir wahrscheinlich immer noch eine Puppe mit „Mama"-Stimme und Haaren wünschte. Fast war ich schon zu groß, um immer noch mit Puppen zu spielen.

Doch zu Weihnachten 1949, ich war elf Jahre alt, bekam ich eine Puppe mit schwarzen Zöpfen und einer schönen „Mama"-Stimme.

Sie hatte ein rosa Taftkleid an und schwarze Lackschühchen. Das Mützchen, das Mutti ihr aufgesetzt hatte, war eine gehäkelte Babymütze von mir. Und groß war die Puppe, mindestens 50 cm. Man konnte sie sogar hinstellen, ihre Arme und Beine bewegen und auch den Kopf etwas drehen.

Meine Freude war natürlich riesengroß. Ich habe dieses Puppenkind, sie hieß „Ursel", sehr geliebt und vor allen Dingen bin ich sehr behutsam mit ihr umgegangen. Ich konnte jetzt verstehen, warum Karin ihre Puppe damals so gehütet hat.

So ganz viel gespielt habe ich nicht mehr mit meiner Ursel. Aber sie hatte einen Ehrenplatz auf dem Sofa und ich schaute sie immer ganz verliebt an. Ich habe sie aufbewahrt, bis ich selbst Kinder hatte, und eure Oma kann sich bestimmt noch an meine Puppe Ursel erinnern.

Nun wünsche ich dir, meine liebe kleine Antonia, dass du mit deiner Puppe viel Freude hast, dass sie dir gefällt, damit du sie auch ganz liebhaben kannst und sie dich lange beim Großwerden begleiten darf.

CHRISTEL ULLRICH

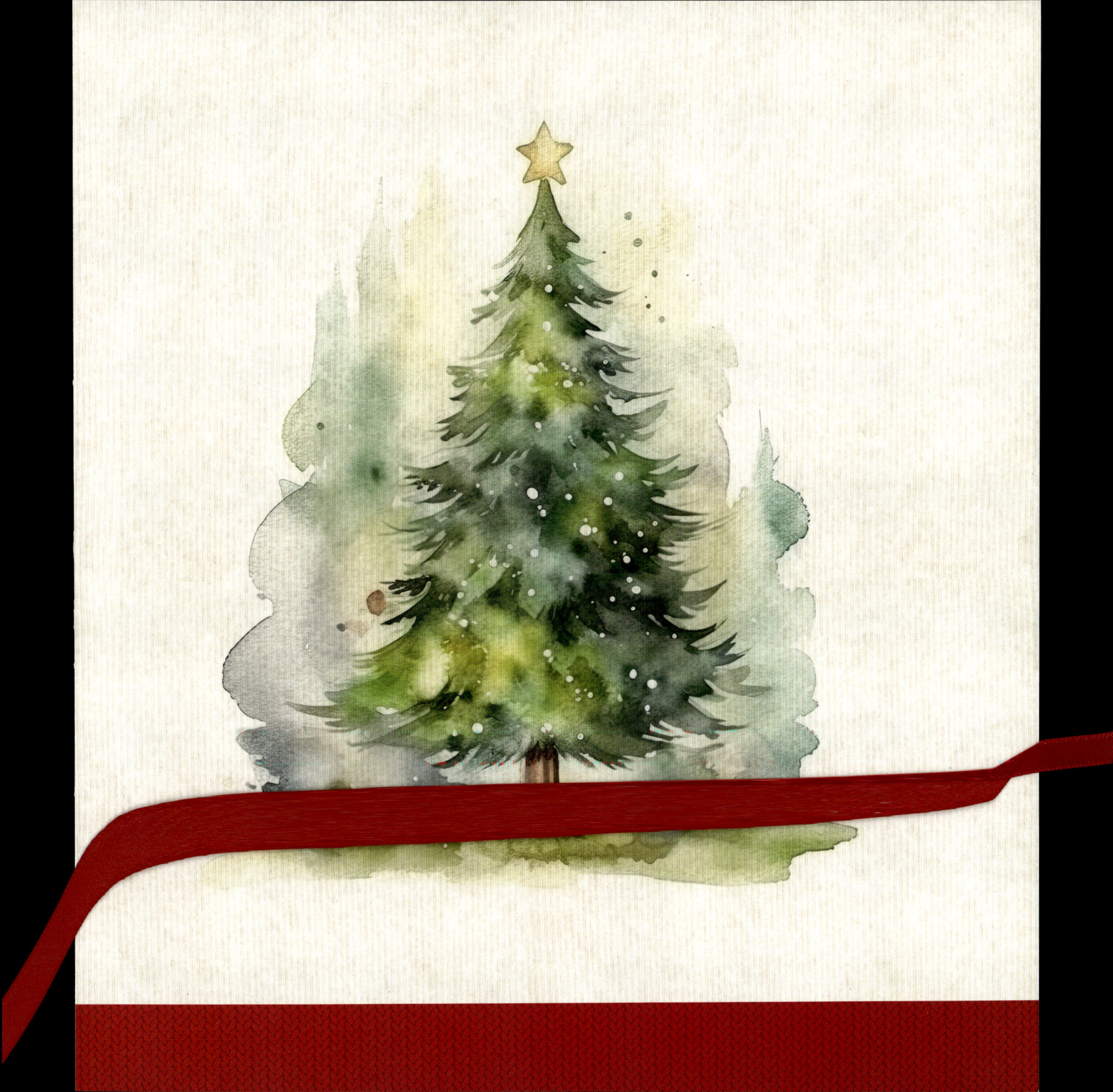

Ein wenig Kind sein

MIT KEINEM ANDEREN FEST
VERBINDEN WIR DIE ERINNERUNGEN
AN UNSERE KINDHEIT MEHR
ALS MIT WEIHNACHTEN.

UND ZU KEINER ANDEREN ZEIT
VERSPÜREN WIR SO SEHR DEN WUNSCH,
WIEDER EINMAL KIND SEIN ZU DÜRFEN.

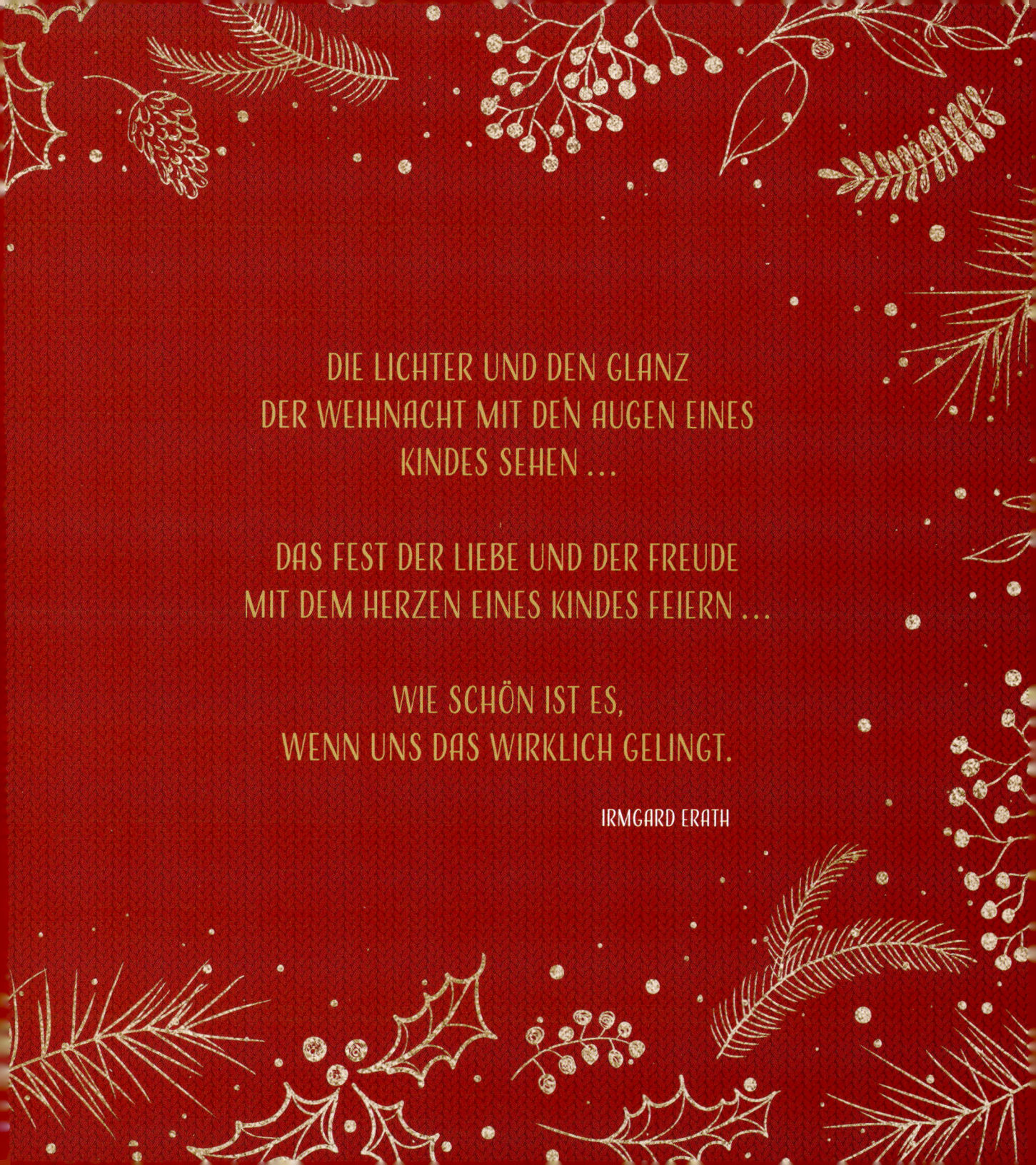

DIE LICHTER UND DEN GLANZ
DER WEIHNACHT MIT DEN AUGEN EINES
KINDES SEHEN …

DAS FEST DER LIEBE UND DER FREUDE
MIT DEM HERZEN EINES KINDES FEIERN …

WIE SCHÖN IST ES,
WENN UNS DAS WIRKLICH GELINGT.

IRMGARD ERATH

EIN FAST PERFEKTER
Weihnachtsbaum

Die Auswahl des Weihnachtsbaumes ist immer ein Highlight in der Vorweihnachtszeit. Es bleibt stets spannend, für welches Exemplar wir uns dann endlich entscheiden. Ein besonderer Baum für eine besondere Zeit. Nun ist es wieder so weit. Es ist Samstag vor dem 2. Advent. In diesem Jahr möchten wir den Baum noch lange vor den Feiertagen aufstellen und schmücken. Dann haben wir mehr davon, beschlossene Sache. Wir sind früh unterwegs und es ist noch wenig Betrieb beim Händler. In der Nacht zuvor hat es kräftig geschneit. Die Auswahl ist wie in jedem Jahr groß, doch die vielen Bäume tragen eine Schneedecke auf ihren Zweigen. Es sieht so festlich aus und Weihnachtsstimmung durchströmt mich beim Anblick dieses Winterwaldes. Ja, die Bäume haben sich schon feierlich hergerichtet. Ein paar von ihnen hat der Verkäufer schon von ihrer Schneelast befreit.

Mein Blick fällt auf eine wunderschöne Tanne. Sie hat die optimale Größe und ihre Äste sind wohlgeformt, ein wahres Prachtexemplar. Doch warum hat der Händler diesen Baum ausgesondert? Ob es ein Musterstück ist? Ich spreche den netten

Herrn direkt darauf an und er erwidert freundlich: „Den können Sie gerne haben, und er ist zudem für weniger Geld abzugeben!"

Bei aller Vorfreude muss doch hier etwas nicht stimmen, der berühmte Haken, und wieder frage ich nach. Der Mann dreht vorsichtig den Baum zur Seite. Beim Verladen ist er wohl hingefallen und wurde auf dieser Seite ordentlich beschmutzt. Trotz dieses „Makels" finde ich den Baum wunderschön und den Schmutz kann man mit Wasser sicherlich abwaschen. Die Entscheidung ist getroffen, dieser Baum soll es sein, allgemeine Zustimmung. Das ging heute aber schnell, keine zehn Minuten und der Baum ist gefunden. Ich habe auch gar kein Auge mehr für die vielen anderen Bäume und lasse sie friedlich unter ihrem Schnee den Feiertagen entgegengehen. Sie sehen schon jetzt so feierlich aus und werden sicherlich einen Wohnzimmerplatz finden.

Ich bin zufrieden und gut gelaunt fahren wir nach Hause.

Dieser schöne Baum hat es verdient, geschmückt zu werden und im Lichterglanz am Heiligen Abend zu erstrahlen. Bei uns muss er nicht so lange warten, er darf bereits in der Adventszeit leuchten. Ob er sich auch so freut?

Trotz seiner optischen Schönheit ist doch der Schmutz ein Ausschusskriterium gewesen. Da sehnt er sich ein Baumleben lang auf diese Tage im Dezember, möchte einmal ein Weihnachtsbaum sein, und wird dann ganz unverschuldet zur Randfigur des Geschehens.

Geht es uns Menschen nicht ebenso? Wir arbeiten, mühen und sorgen uns, wollen perfekt unseren Alltag, unser Leben meistern. Und dann kommt ganz unvorbereitet ein Defizit, ein falsches Wort zur falschen Zeit, eine unbedachte Handlung mit Folgen … gleich dem Schmutz des Baumes. Alles umsonst, aus der Bahn geworfen, das Ziel in weite Ferne gerückt, ein Traum zerplatzt. Wie gut, wenn wir Menschen um uns haben, die über diese Makel hinwegsehen, die den Schmutz abwaschen und um unsere wahre Identität wissen, an uns glauben.

Und dann ist da Gott, der uns liebt wie kein anderer, über alle Fehler und Hindernisse hinweg. Er reicht uns täglich seine Hand, richtet uns auf, freut sich und leidet mit uns. Liebevoll wischt er unseren „Schmutz" von uns ab, erkennt unsere wahre Schönheit.

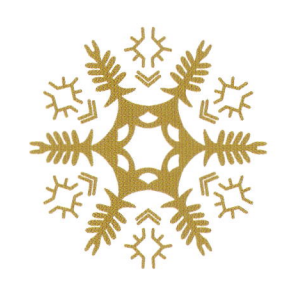

Gott lässt sich von Äußerlichkeiten nicht abhalten, er liebt bedingungslos.

Auch unser Weihnachtsbaum freut sich. Bevor ich ihn schmücke, reinige ich vorsichtig seine beschmutzten Äste; und selbst wenn noch ein paar Rückstände bleiben, ist und bleibt er ein wunderschöner Baum. Er dankt es uns mit seinem wunderbaren Duft, der die Wohnung erfüllt und schon in der Adventszeit einen Hauch von Weihnachten erahnen lässt. Und am Heiligen Abend denkt keiner mehr an seine schmutzige Seite. Mit Stolz und Würde trägt er sein Schmuckkleid und strahlt sicherlich noch ein bisschen heller als all die anderen. Aber vielleicht bilde ich es mir auch nur ein. Für uns ist er jedenfalls ein perfekter Weihnachtsbaum!

BIRGIT ORTMÜLLER

GOTT
LÄSST SICH
VON ÄUßERLICHKEITEN
NICHT ABHALTEN,
ER LIEBT
bedingungslos.

BIRGIT ORTMÜLLER

Christbaum

Hörst auch du die leisen Stimmen
aus den bunten Kerzlein dringen?

Die vergessenen Gebete
aus den Tannenzweiglein singen?

Hörst auch du das schüchternfrohe,
helle Kinderlachen klingen?

Schaust auch du den stillen Engel
mit den reinen, weißen Schwingen? …

Schaust auch du dich selber wieder
fern und fremd nur wie im Traume?

Grüßt auch dich mit Märchenaugen
deine Kindheit aus dem Baume? …

ADA CHRISTEN

DER STERN
im Apfel

Eine Familie wohnt in einem kleinen Dorf.
Der Vater geht jeden Tag zu Fuß in die Fabrik.
Die Mutter bleibt bei den Kindern zu Hause.
Die Eltern haben zwei Töchter.
Die ältere Tochter geht schon zur Schule.
Die jüngere bleibt bei der Mutter zu Hause.
Bald ist Weihnachten.
Die Kinder erinnern sich an früher.

Da hat es an Weihnachten
immer Geschenke gegeben.
Und einen großen Baum.
An dem Baum
hat herrlicher Schmuck
gehangen. Und Kerzen.
Das Zimmer mit dem Baum ist
in Kerzenlicht getaucht gewesen.
Alles hat ganz anders ausgesehen als sonst.

Dieses Jahr hat der Vater gesagt:

„Es gibt keine Geschenke.
Und es gibt keine Kerzen.
Wir haben kein Geld dafür.

Unser Geld reicht nur für das Nötigste:
nur für Essen und Kleidung."

Seine Stimme klingt traurig.
Die Kinder schauen traurig.
Die Mutter auch.

Dann kommt der Weihnachtsabend.
Die Mutter geht mit den Kindern
in den Wald.
Dort holen sie Tannenzweige.
Dafür brauchen sie kein Geld.
Die Tannenzweige legen sie in die Küche.
Das duftet schön.

Zum Abendessen gibt es nichts Besonderes.
Aber auf dem Teller liegt
ein bisschen mehr als sonst.
Alle können sich satt essen.
Das ist ein gutes Gefühl.

Dann holt die Mutter eine Kerze
aus dem Schrank.
Sie sagt:
„Die Kerze ist schon alt.
Ich habe sie auf dem Dachboden gefunden.
Heute soll sie brennen.
Es ist ja Weihnacht."

Das ältere Mädchen darf die Kerze anzünden.
Der Vater geht in den Keller.
Er kommt zurück und hat zwei Äpfel
in der Hand.
Sie sind schon verschrumpelt.
Aber die Kinder freuen sich darüber.
Äpfel schmecken süß.

Der Vater nimmt einen Apfel in die Hand.
Mit der anderen Hand schneidet er
den Apfel durch.
Aber er schneidet nicht wie sonst
vom Stiel nach unten.
Heute schneidet er den Apfel quer durch.

Die Kinder wundern sich.
Der Vater hält die beiden Hälften
seinen Kindern hin.
Er sagt: „Schaut einmal genau hin.
Was seht ihr?"
Die jüngere Tochter ruft:
„Ich sehe einen Stern!"
Der Vater sagt:
„Ja, in jedem Apfel ist ein Stern."

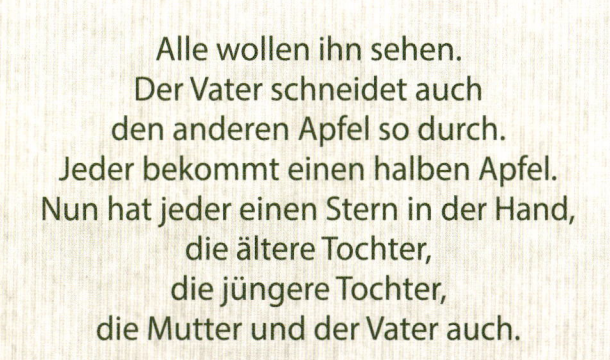

Alle wollen ihn sehen.
Der Vater schneidet auch
den anderen Apfel so durch.
Jeder bekommt einen halben Apfel.
Nun hat jeder einen Stern in der Hand,
die ältere Tochter,
die jüngere Tochter,
die Mutter und der Vater auch.

Der Vater sagt:
„An Weihnachten ist Jesus geboren.
Seine Eltern sind auf der Reise.
Sie haben nur einen Stall gefunden.
Dort hat sich die Mutter ins Stroh gelegt.
Dort hat sie ihr Kind bekommen.
Sie hat es in einen Trog gelegt.

Sonst haben die Tiere aus dem Trog gefressen.
An dem Tag ist der Trog
ein Kinderbett geworden.
Das ist der erste Weihnachtsabend.
Für viele ist das kein besonderer Abend.

Nur für die Eltern von Jesus.
Sie sind glücklich.

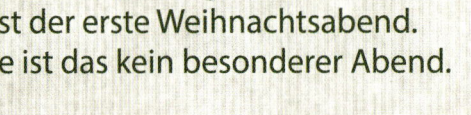

An dem Abend sind Männer unterwegs.
Auch sie wissen:
Dies ist ein besonderer Abend.
Sie haben dasselbe gesehen
wie ihr heute Abend.

Einen Stern. Nicht in einem Apfel.
Der Stern steht hoch am Himmel
und leuchtet hell. Die Männer wissen:
Da ist ein besonderes Kind geboren.
Es bringt Licht in das Dunkel.
Mit diesem Kind wird alles anders."

Der Vater schaut seine Kinder an. Er sagt:
„Ihr habt nun den Stern im Apfel gesehen.
Und auch ihr wisst nun:
An Weihnachten ist
ein besonderes Kind geboren.
Es bringt Licht in das Dunkel. Auch bei uns."

Das ist die Geschichte
von dem schönen Stern im Apfel.
Die Geschichte ist wirklich passiert.
Das ist schon viele Jahre her.
Der Familie geht es gut.
Der Vater verdient genug Geld.
An Weihnachten gibt es
Geschenke für alle.
Es steht gutes Essen auf dem Tisch.
Die Kinder bitten den Vater jedes Jahr:

„Papa, schneide einen Apfel auf!
Zeige uns den Stern!"

Der Stern ist das Zeichen für Jesus.
An Weihnachten ist Jesus geboren.
Die Welt ist anders. Jesus lebt.
Auch bei uns.

Mit Jesus ist die Welt hell geworden.

Dr. Reiner Braun

Weihnachten,
MANCHMAL SO GAR NICHT FESTLICH

Denke ich an meine Kindheit zurück, so sehe ich immer wieder die verweinten Augen meiner Mutter vor mir. Ich glaube, dass es an keinem Heiligabend nicht zu einem Eklat zu Hause gekommen ist. Das Essen, Kasseler Rippchen mit Kraut, war gut, wenn nicht sogar sehr gut. Aber was nützte das beste Essen, wenn der Haussegen wieder einmal schief hing. Und er hing oft schief.

Mein Vater war durch die kleinste Kleinigkeit in Rage zu bringen. Wenn etwas nicht nach seinen Vorstellungen und Erwartungen ablief, dann brach sein ungehemmter Jähzorn durch. Dann konnte man nur noch den Kopf einziehen, bis das Donnerwetter vorüber war, und so den Schlägen vielleicht ausweichen. Warum das so war an Heiligabend? Ich kann es nicht genau sagen. Meine Mutter gab sich alle Mühe, aber es half nicht so viel.

Nun, mein Vater hatte einen jähzornigen Vater, der im ganzen Dorf dafür bekannt war. Später, ab dem 20. Lebensjahr, musste ich ihm nichts mehr nachtragen, als ich darüber nachdachte, dass er zu Hause mit seinen elf Geschwistern noch sehr viel Schlimmeres durchmachen musste.

Irgendwie brach sich das Böse zu Heiligabend immer Bahn. Man hätte die Uhr danach stellen können. Nach dem Abendessen gab es die Geschenke, auf die ich als Kind natürlich mit großer Spannung wartete. Es waren meist Sachgeschenke, Dinge, die man zum Leben brauchte. Das war so in den fünfziger Jahren.

Wie schön hätte solch ein Fest sein können. Aber es gab zu viele Widerwärtigkeiten, die ungehemmt an die Oberfläche durchbrachen. So lag auf allem, auch beim Singen der Weihnachtslieder unter dem geschmückten Weihnachtsbaum, ein Mehltau.

Später, als heranwachsender Mann, hatte ich zu Weihnachten manchmal eine große innere Leere und verspürte die Sinnlosigkeit all des glanzvollen Äußeren. Ich kann gar nicht recht mit Worten ausdrücken, was ich beim Schreiben dieser Zeilen verspüre. Tränen dringen in meine Augen.

Doch damals mit 21 Jahren geschah etwas mit mir, was ich eigentlich gar nicht gesucht hatte. Ich lebte in den Tag hinein und meine Ansprüche an das Leben waren nicht sehr hoch. Doch in einer Predigt erwischte es mich kalt, oder besser heiß.

Plötzlich stand in meinen Gedanken Jesus vor mir und forderte mich auf, ihm nachzufolgen. Über einige Wochen verfolgte mich dieser Gedanke und ich gab ihm unter größten Bedenken meine Zustimmung im Gebet. Denn ich konnte mir nicht vorstellen, dass ich den Glauben an ihn durchhalten konnte, der ich doch so vieles angefangen und nicht vollendet hatte. Würde ich mich auch dann noch zu Jesus bekennen, wenn Kameraden bei der Bundeswehr und mein großer Freundeskreis zu Hause das erfahren würden? Dass ich dann zu einem Zeugen Jesu auch unter Spott wurde, das war damals eine starke Erfahrung, die ich mir in meinen kühnsten Träumen so nicht ausmalen konnte. Dass Jesus mich dann kurze Zeit später zum Prediger berief und ich bis heute auf vier Kontinenten das Evangelium von ihm bezeugen durfte, das macht mich so unendlich dankbar für IHN, der arm wurde, damit wir durch seine Armut reich würden.

Diese Lebenswende liegt nun schon über 50 Jahre zurück. Inzwischen hat uns Gott vier Kinder und elf Enkelkinder geschenkt. Es ging und geht durch Höhen und Tiefen. Wenn wir aber heute Weihnachten feiern, dann darf es doch anders sein als damals in meinem Elternhaus. Gewiss geht es auch bei den Enkelkindern um Geschenke, aber eben nicht nur. Jesus ist der Mittelpunkt unserer Familie. Der Glaube wird durch unsere Kinder, Schwiegerkinder und Enkel weitergetragen.

> Was kann doch Weihnachten für ein Fest der Dankbarkeit und tiefen Freude werden, wenn wir uns hin zu Jesus, dem größten Geschenk, wenden und er Fundament, Mitte und Ziel eines Lebens ist!

HELMUT BLATT

WAS KANN DOCH *Weihnachten* FÜR EIN FEST DER DANKBARKEIT UND TIEFEN FREUDE WERDEN!

HELMUT BLATT

Weihnachten, WIE IMMER

Mit einem Pastor verheiratet, ist das Weihnachtsfest nicht ruhig, sondern ein anspruchsvoller Spagat zwischen Gemeindearbeit und Familienzeit. Und doch dachten wir an ein entspanntes Fest, nachdem auch unser Jüngster ausgezogen war. Stille Vorfreude machte sich langsam breit, bis die Anfrage des ersten Kindes kam: „Juhu Mutti, darf ich Weihnachten zu euch kommen?" Okay, mit einem Kind gilt man ja quasi noch als Kleinfamilie. Kein Problem. Wenig später fragte auch der nächste Sprössling: „Was macht ihr eigentlich Weihnachten?" Wir schauten uns an. Der Kleinfamilientraum platzte. Es war noch nicht Advent, als auch vom letzten Kind die Nachricht kam, dass Weihnachten zu Hause doch am schönsten sei.

Ich träumte noch ein wenig vom entspannten Fest. Mein Mann und ich hatten beschlossen, auf einen Tannenbaum im Wohnzimmer zu verzichten. Ich sagte dies unserem Nachwuchs und stieß auf dreifachen Protest: „Nein, Mutti, das geht gar nicht! Wir wollen doch Kerzen anzünden! Wie immer!" Das „Wie immer!" klang in meinen Ohren, während ich die Frage nach dem Essen aussprach und auch schon die Antwort hörte: „Kartoffelsalatgesichter!" „Mutti, wie immer! Ja? Wir helfen dir!"

Für die bisher üblichen bunten Teller formulierte ich meinen Kompromiss. Statt fünf einzelner würde es nur einen besonders großen geben. Und der Jüngste, welcher am Weihnachtsabend immer so völlig unterzuckert war und die Süßigkeiten regelrecht inhalierte, würde ein wenig schauen, dass die große Schwester, die sich so lange an etwas Schönem erfreuen kann, auch die Chance hätte, von allem zu probieren.

Die in der Nähe wohnenden Kinder besuchen uns bereits im Advent. Sie achten darauf, dass sich unsere Krippenfiguren bereits im Wohnzimmer tummeln. Die Hirten lagern mit ihren Schafen und dem Hütehund unter einem Tannenstrauß mit Strohsternen, Maria und Josef wandern mit dem Esel die Regale entlang, und die drei Könige ziehen mit ihrem Kamel über die Fensterbänke. Der Stall scheint viel zu groß für den Ochsen, darum kommen Mäuschen und Eule dazu.

Bis zum 24. Dezember treffen alle Kinder mit Familien ein. Sie haben sich teilweise länger nicht gesehen. Das alte Haus ist erfüllt von vertrauten Stimmen und Heimlichkeiten. Das Weihnachtsoratorium muss spielen, und wir dürfen „Drei Haselnüsse für Aschenputtel" nicht verpassen.

Während mein Mann zur ersten Christvesper in einen Nachbarort fährt, gehe ich in unsere Dorfkirche. Wie gewohnt soll sie heute nur vom Kerzenlicht erhellt werden. Dazu müssen etwa 400 Teelichte, 40 Haushalts- und 100 Baumkerzen angezündet werden. Damit möchte ich fertig sein, bevor die ersten Gottesdienstbesucher kommen. Weil unsere Organistin sich einspielt, habe ich ein kleines Konzert nur für mich. Mein ruhiger Weihnachtsmoment. Meine stille Heilige Nacht.

Nun helfen mir meine großen Kinder. Schön ist das. Und wunderschön sieht es aus. Ich bin erst beruhigt, als ich den Pastor recht knapp herbeieilen sehe. Ich genieße die kräftigen Stimmen unserer Kinder neben mir. Ich freue mich, dass sie mir nach dem Gottesdienst beim Aufräumen in der Kirche helfen und diese Hilfe auch in der Küche greift.

Gemeinsam machen wir Kartoffelsalatgesichter. Ich stürze den Salat aus einer Tasse auf die Teller und die Kinder kreieren mit Gemüse die lustigsten Gesichter.

Zu der Möhrennase kommt ein Paprikamund und über den Gurkenaugen bauschen sich Petersilienbrauen. Fünf Individualisten lachen uns entgegen. Wir lachen zurück.

In einem von Kinderaugen unbeobachteten Moment sorge ich dafür, dass Maria und Josef im Stall unter dem Tannenbaum ankommen und das Kind in der Krippe liegt. Längst ist der Engel bei den Hirten gewesen, und auch sie haben sich auf den Weg gemacht.

Später werden die Kinder die Krippenfiguren einräumen, vielleicht auch mit ihnen spielen. Erst einmal aber zünden wir nun reihum die Kerzen an. Der Jüngste darf beginnen. Für wen leuchtet dieses Licht? An wen denken wir besonders? Die Großeltern wohnen viele Kilometer entfernt, die Paten ebenso. Da ist ein Freund tödlich verunglückt. Wer arbeitet jetzt noch, damit es uns gut geht? Wer ist allein und traurig oder krank?

Wir denken an vertraute und fremde Menschen, und nach und nach strahlt unser Weihnachtsbaum immer heller.

Jetzt ist der Zeitpunkt für den bunten Teller gekommen. Und dann gibt es ja auch noch Geschenke. Ich greife in den vollen Korb und ziehe das erste heraus. Wenn der Beschenkte ausgepackt hat, holt er ein weiteres Päckchen und der nächste packt es aus. Irgendwann stellen wir fest, dass der Pastor eingeschlafen ist; jeder denkt: „Wie immer", und mich beschleicht eine tiefe Dankbarkeit.

JOHANNA ULRICH

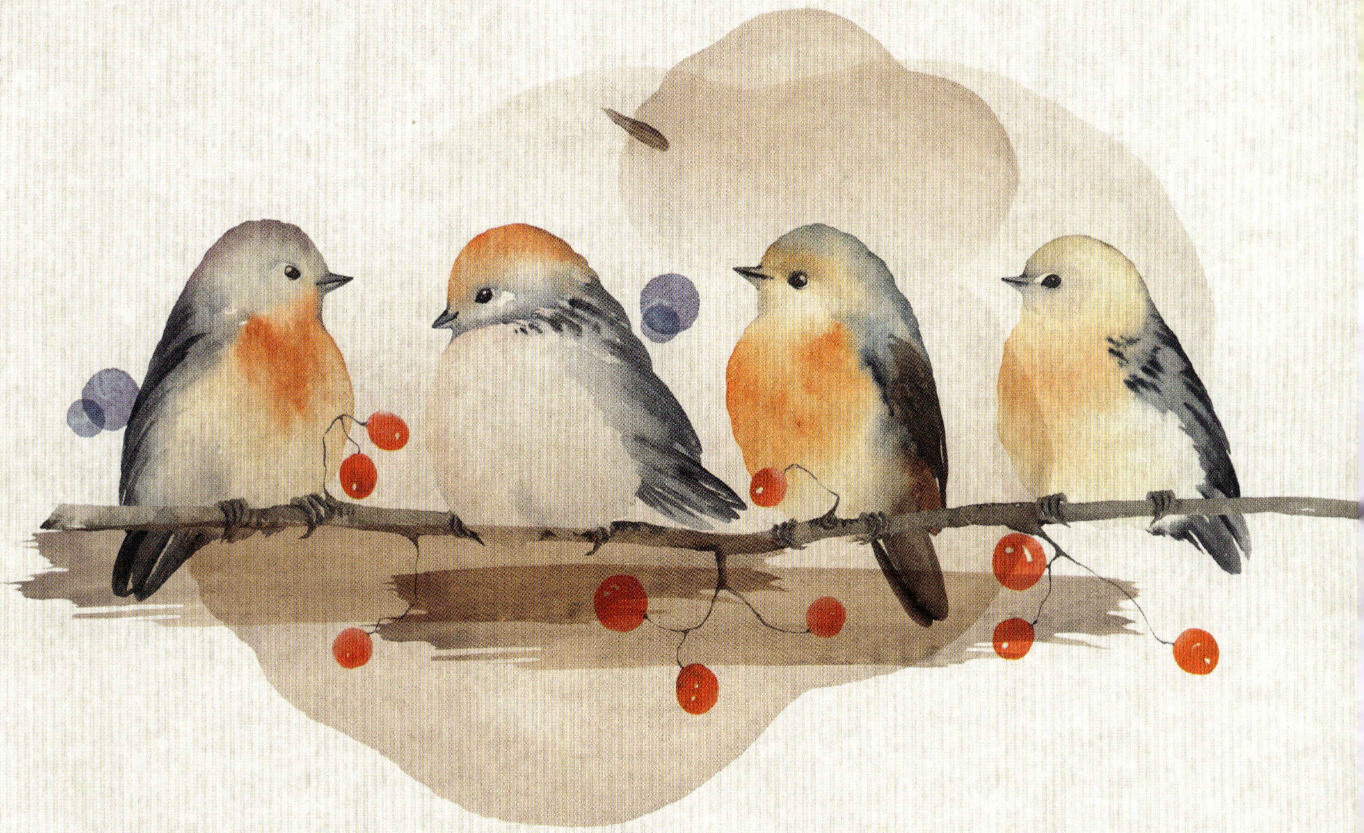

Wir denken
an Vertraute
und fremde Menschen,
und nach und nach
strahlt unser
Weihnachtsbaum
immer heller.

Johanna Ulrich

Dankbarkeit
MACHT DAS LEBEN
ERST REICH.

DIETRICH BONHOEFFER

Freude IST
DIE SCHÖNSTE FORM
DER DANKBARKEIT.

KARL BARTH

STERNE SIEHST DU NUR
im Dunkeln

Sterne siehst du nur im Dunkeln
über uns am Himmelszelt,
wie sie strahlen, wie sie funkeln
hier auf unsere schöne Welt.

Doch wenn harte Stürme wehen,
treiben dunkle Wolken hoch,
kannst du keinen Stern mehr sehen,
sei gewiss, es gibt sie noch.

So gibt es manchmal Zeiten,
wo auf deinem Lebenspfad
dunkle Wolken dich begleiten
und dein Herz weiß keinen Rat.

Auch an solchen schweren Tagen,
wo nur Dunkel dich umgibt,
ist da einer, der hilft tragen,
weil er dich so sehr liebt.

Er kam zu uns auf unsere Erde,
Licht aus Gottes ew'gem Licht,
damit es Licht bei uns auch werde,
das die Finsternis durchbricht.

Dieses Licht wird auch durchbrechen
wieder meine Dunkelheit,
denn es gilt Jesu Versprechen:
„Ich bin bei euch alle Zeit!"

Das soll Licht mir sein im Dunkeln
hier in meiner Lebenszeit
und kann wie ein Stern mir funkeln,
jetzt und bis in Ewigkeit!

HELGA MOLDENHAUER

WEIHNACHTS-
erinnerungen

Begonnen hat die Weihnachtszeit für mich ganz traditionell mit dem Backen der ersten Weihnachtsplätzchen. Sterne, Herzen, Sternschnuppen, Rentiere haben wir ausgestochen, zwischendurch etwas Teig genascht, und schließlich haben wir die „Doppeldecker-Plätzchen" mit fruchtigem Gelee vom Adventsmarkt bestrichen. Natürlich mussten sie dann mit schneeweißem, feinem Puderzucker bestäubt werden. Besonders schön und gemütlich war es, wenn es dazu noch schneite.

Zu jedem Advent wurde die Keksdose dann zum Nachmittag herausgeholt und bei einer gemütlichen Tasse Tee oder Kakao haben wir ein paar der Plätzchen auf dem Sofa vor dem Kamin gemeinsam mit der Familie gegessen. Dabei lief meist Wintersport im Fernsehen und bei spannenden Biathlon-Wettkämpfen haben wir mitgefiebert bis zur letzten Sekunde.

In meiner Kindheit gab es in der Vorweihnachtszeit noch Schnee, der auch Tage liegen geblieben ist. Dann haben sich alle Kinder des Dorfes getroffen. Wir verbrachten viel Zeit auf der Rodelbahn. Mit lautem Geschrei und Gelächter kamen wir nach unserer Talfahrt im Dorf an und sind die Piste gemeinsam wieder hochgestapft.

Jährlich am 30. November konnte ich schlecht einschlafen, ich war ganz aufgeregt.

Am nächsten Morgen bin ich voller Erwartung die Treppe hinuntergestürmt, um zu entdecken, welcher Adventskalender auf mich wartete. Am meisten freute ich mich immer über die selbst gebastelten Päckchen meiner Mama. Jeden Tag verbrachte ich heimlich einige Zeit vor meinem Kalender, um manche Päckchen zu erfühlen.

Ich konnte es einfach nicht erwarten, die Türchen zu öffnen. Das Ertasten der Geschenke gelang mir meistens nicht, da meine Mutter ihre neugierige Tochter gut kannte und die Päckchen so einpackte, dass der Inhalt nicht erraten werden konnte. Die Zeit bis Weihnachten erschien mir ewig.

Die Vorfreude auf das Schmücken des Weihnachtsbaumes und das Auspacken der Geschenke war einfach riesig.

Außerdem war da dieses Kribbeln, ob der Wunschzettel, den ich dem Christkind geschrieben hatte, erfüllt werden würde und welche Überraschungen noch unter dem Weihnachtsbaum auf mich warteten.

Wenn ich am 24. Dezember endlich das letzte Türchen öffnen durfte, stieg die Anspannung und meine Ungeduld wuchs, bis es endlich dunkel und der Heiligabend festlich eingeläutet wurde. Nach dem Frühstück schmückten wir gemeinsam den Weihnachtsbaum, den mein Bruder und ich ein paar Tage zuvor gemeinsam mit unserem Vater im Nachbarort ausgesucht hatten.

Meine Eltern schmückten den Baum mit großen, rot verzierten Kugeln und für meinen Bruder und mich hatten sie kleine rote Kugeln in glänzender, matter oder glitzernder Optik besorgt, die wir aufhängen durften. Zudem hatte jeder einen besonderen Anhänger, den er am Christbaum platzieren durfte. Meiner war ein Schaukelpferd aus Holz in rötlichen Tönen, für den ich mir immer einen ganz besonderen Platz am Baum erspähte, sodass man ihn jederzeit bewundern konnte.

Abschließend legten wir noch eine Lichterkette um den Baum. (Unser Weihnachtsbaum wird übrigens bis heute ausschließlich mit roten Kugeln geschmückt.)

Unsere Spannung stieg, auch wenn wir es nicht zugeben wollten, denn das Krippenspiel stand unmittelbar bevor. Vor allen Dorfbewohnern spielten wir Kinder auf dem Bauernhof des Dorfes inmitten der Kühe unser Krippenspiel; dort fand der Gottesdienst statt.

Und dann war plötzlich Weihnachten!

Alle umarmten sich herzlich und wünschten sich gegenseitig ein gesegnetes und besinnliches Weihnachtsfest. Auf dem Heimweg durch das Dorf bewunderte ich alle beleuchteten Häuser und die weihnachtlichen Dekorationen am Fenster. Am Heiligen Abend sah alles so feierlich aus.

In unserem geschmückten Haus angekommen, gab es dann Essen, die Tür zum Wohnzimmer war immer noch verschlossen. Mein Bruder und ich mussten dann immer helfen, den Tisch abzudecken. Urplötzlich klingelte ein kleines Glöckchen und unsere Mutter rief uns ins Wohnzimmer. Ganz aufgeregt rannten wir zu ihr und entdeckten die wunderschön verpackten Geschenke unter dem Weihnachtsbaum. Bestimmt haben unsere Kinderaugen gestrahlt, wenn wir das Geschenkpapier heruntergerissen und endlich das gewünschte Spielzeug in den Händen hielten.

Die restlichen Weihnachtstage verbrachten wir dann neben Familientreffen und gutem Essen überglücklich mit Spielen und dem Ausprobieren unserer neuen Geschenke.

Ich bin dankbar für die Erinnerungen, sie sind wertvoll für mich und werden mich stets begleiten. Wenn ich eine eigene Familie gründe, möchte ich auch Plätzchen backen, einen Adventskalender gestalten, den Gottesdienst besuchen und von dem Kind in der Krippe erzählen wie einst beim Krippenspiel.

Auch ich möchte Weihnachtserinnerungen weitergeben. Auf das Schmücken des frisch geschlagenen Baumes freue ich mich besonders. Vielleicht wird er auch mit roten Kugeln behängt oder womöglich auch bunt. Aber mein Schaukelpferd bekommt wie immer einen Ehrenplatz.

SARAH KREINER

DIE VORFREUDE
AUF DAS SCHMÜCKEN
DES *Weihnachtsbaumes*
UND DAS AUSPACKEN
DER *Geschenke*
WAR EINFACH RIESIG.

SARAH KREINER

AM WEIHNACHTSBAUM
die Lichter brennen

Am Weihnachtsbaum die Lichter brennen,
wie glänzt er festlich, lieb und mild,
als spräch er: wollt in mir erkennen
getreuer Hoffnung stilles Bild.

Die Kinder stehn mit hellen Blicken,
das Auge lacht, es lacht das Herz;
o fröhlich, seliges Entzücken!
Die Alten schauen himmelwärts.

Zwei Engel sind hereingetreten,
kein Auge hat sie kommen sehn,
sie gehn zum Weihnachtstisch und beten,
und wenden wieder sich und gehn:

„Gesegnet seid ihr alten Leute,
gesegnet sei du kleine Schaar!
Wir bringen Gottes Segen heute
dem braunen, wie dem weißen Haar.

HERMANN KLETKE

JESUS, *die Nr. 1*

Eigentlich sollte ER das sein für Christen, am Christfest.

Natürlich das ganze Jahr über, aber eben gerade an Weihnachten. Diesem Freudenfest, an dem wir die Geburt des Retters dieser Welt feiern. Seitdem ist schließlich „der Himmel nicht mehr oben, seit Jesus ist er hier". So versucht ein Lied dieses Weihnachtswunder der Mensch gewordenen Liebe Gottes in Worte zu fassen.

Natürlich weiß ich das und noch viel mehr als mittlerweile in die Jahre gekommene Jesus-Nachfolgerin. Trotzdem hat mich meine knapp dreijährige Enkeltochter eine Lektion gelehrt, die ich nicht vergessen will. Denn meine Gedanken drehten sich hauptsächlich um die Geschenke, das Essen, dass alles klappt und jedes Familienmitglied zufrieden ist. Für sie jedoch war Jesus die Hauptsache. Er war die Nr. 1 in ihren Gedanken und ihrem kleinen Herzen:

Es ist der Vorweihnachtstag. Mein Mann und ich sitzen mit ihr, ihren Eltern und ihrer kleinen Schwester am Frühstückstisch. Der noch nackte Weihnachtsbaum hat auch schon seinen Platz. Wir sprechen darüber, dass wir mit ihr den Baum schmücken und die Weihnachtskrippe aufbauen wollen. Seitdem rutscht sie unruhig auf ihrem Hochstuhl hin und her und ist als Erste satt.

Endlich sind alle fertig. Mein Mann beginnt mit ihr den Baum zu schmücken. Bald sieht er wunderschön aus mit seinen Strohsternen, der Lichterkette und den roten Kugeln. Von diesen ist nicht eine kaputtgegangen wie im Jahr zuvor, als die kleinen Hände noch ungeschickter waren. Sie ist sehr zufrieden mit sich und wartet nun, dass die Krippe herbeigeholt wird. Denn darauf freut sie sich besonders. In Erinnerung an das kleine Jesuskind, dem wir im vergangenen Jahr gemeinsam eine Windel aus einem Papiertaschentuch angezogen haben, damit es nicht frieren muss. Mein Mann holt den Karton mit den geschnitzten Krippenfiguren und leert ihn vorsichtig aus. Zielbewusst steuert sie auf die Figuren zu. Weder Maria noch Josef, noch ein Hirte, ein Weiser oder ein Schaf finden ihr Interesse, einzig das Jesuskind in seiner Futterkrippe. Triumphierend hält sie beides hoch, um dann das Jesuskind behutsam in die Hände zu nehmen.

Es braucht natürlich eine neue Windel. Was auch direkt geschieht, mithilfe von Erwachsenenhänden und Klebeband. Fortan stehen Maria und Josef sowie alle anderen Krippenfiguren verlassen im Stall herum. Das Jesuskind ist den ganzen Tag über mit unserer Enkelin unterwegs. Ob beim Spaziergang zum Spielplatz, beim Toilettengang, beim Spielen oder bei den Mahlzeiten: überall muss das Jesuskind dabei sein. Unsere Enkeltochter erläutert ihm dies und jenes und freut sich an seiner Nähe. Natürlich muss es abends auch mit ins Schlafzimmer. Neben ihrem Bett, zum Greifen nahe, bekommt es seinen Schlafplatz. Auch am nächsten Tag, dem Heiligabend, sind die beiden unzertrennlich.

Als wir vor dem hell erleuchteten Baum die Weihnachtsgeschichte spielend erzählen, bekommt das Jesuskind doch noch einmal seinen angestammten Platz im Stall. Denn unsere Enkelin kennt die Geschichte schon gut. Sie freut sich am Spielen und vergisst dabei alles andere. Als ihr schließlich von dem langen, aufregenden Tag die Augen fast schon zufallen, muss sie vor dem Schlafengehen an ihr Geschenk erinnert werden. Das liegt noch unausgepackt unter dem Weihnachtsbaum.

Ihr kleines Herz war voll von Jesus und all den Ereignissen rund um seine Geburt. Ihm hatte sie ihre Aufmerksamkeit und Wertschätzung geschenkt und ihn hineingenommen in ihren Kinderalltag. Er war ihr genug Geschenk, er war ihre Weihnachtsfreude.

Wie schön, dass Gott uns zuweilen Anschauungsunterricht gibt von dem, was wirklich zählt, und wir auch von den Kindern lernen dürfen.

So habe ich im Nachklang noch persönlich Weihnachten gefeiert mit dem wunderbaren Lied von Paul Gerhardt (1653):

Ich steh an deiner Krippe hier,
o Jesu, du mein Leben.
Ich komme, bring und schenke dir,
was du mir hast gegeben.
Nimm hin, es ist mein Geist und Sinn.
Herz, Seel und Mut, nimm alles hin
und lass dir's wohl gefallen.

Ich sehe dich mit Freuden an
und kann mich nicht satt sehen;
und weil ich nun nichts weiter kann,
bleib ich anbetend stehen.
O dass mein Sinn ein Abgrund wär
und meine Seel ein weites Meer,
dass ich dich möchte fassen!

DORIS DANIEL

WIE SCHÖN,
DASS GOTT UNS
ZUWEILEN ANSCHAUUNGS-
UNTERRICHT GIBT VON DEM,
WAS WIRKLICH ZÄHLT, UND
WIR AUCH VON DEN
Kindern
LERNEN DÜRFEN.

DORIS DANIEL

Weihnachtlich
LEBEN

Wer sein Herz für das
Weihnachtswunder öffnet,
strahlt heller
und glanzvoller
als jeder Lichterschein
in der dunkelsten Nacht.

Spür die Liebe und Kraft
der Weihnachtsbotschaft,
sie ist das Geheimnis der Weihnacht.

BIRGIT ORTMÜLLER

EIN UNERWARTETES GESCHENK
zur Weihnachtszeit

Es war so in den späten 90er-Jahren. Petra war mit ihrer Familie von Deutschland nach Rumänien gezogen, um verlassenen und elternlosen Kindern eine Heimat zu geben. Nach und nach zogen ein paar Säuglinge bei ihnen ein und ihr kleines Haus drohte bald aus allen Nähten zu platzen. Die Not in der Bevölkerung war groß, und wer sich etwa in den Dörfern nicht von seinem Gemüsegarten ernähren konnte oder keine Arbeit hatte, musste sein Dasein in verfallenen Hütten ohne fließend Wasser oder Strom fristen. In den Geschäften gab es wenig zu kaufen, ganz abgesehen von Wegwerfwindeln oder fertiger Babynahrung.

An diesem besonderen Tag im Dezember war Petra wieder mal in die Klinik der nahe gelegenen Stadt gerufen worden, um ein Neugeborenes, das von seiner Mutter zurückgelassen worden war, aufzunehmen. Es war nichts Neues, dass Mütter ihr Kind mal im Zug vergaßen oder direkt nach der Geburt aus dem Krankenhaus verschwanden, ohne sich um ihr Neugeborenes zu kümmern.

Bevor Petra überhaupt einen Blick auf das Kind werfen konnte, gab es viel Papierkram für den Notar zu erledigen. Ungeachtet der schwierigen Situation im Land, mussten die formellen Bestimmungen gewissenhaft eingehalten werden.

Endlich wurde Petra das Neugeborene, eingehüllt in eine warme Decke, in die Arme gedrückt. Auf dem Weg nach draußen sprach noch im Klinikflur eine ärmlich gekleidete junge Frau Petra an, die das Ganze wohl beobachtet hatte, sie möge auch ihr Kind mitnehmen. Einfach noch ein Kind mitnehmen? Nein, das war unmöglich, und selbst wenn, gab es nur noch eine freie Wiege zu Hause. Aber die Fremde ließ nicht locker, rutschte auf Knien sogar hinter ihr im Flur her und jammerte lautstark, sie möge ihr Neugeborenes ebenfalls aufnehmen.

Petra beschloss, sich zumindest ihre Geschichte anzuhören. Die Frau erzählte, sie habe, während ihr Mann im Gefängnis saß, ein Verhältnis mit einem anderen Mann angefangen, das nicht folgenlos blieb. Ihr neugeborenes Mädchen dürfe sie auf keinen Fall mit nach Hause nehmen. Sie habe bereits zwei Kinder mit ihrem Ehemann, der inzwischen entlassen worden sei und der gedroht habe, sie aus dem Haus zu werfen, sollte sie es wagen, das Baby mitzubringen. Die Frau sah aufgrund ihrer Armut keine Alternative, wo sie sonst leben sollte.

Von der Verzweiflung der Mutter tief berührt, war Petra hin- und hergerissen, was sie tun sollte. In einem stillen Gebet bat sie um Gottes Hilfe.

In der nächsten Stunde folgten Gespräche mit der Klinik und zu guter Letzt stimmte Petra zu. Was aber sollte sie dem Kind anziehen? Sie hatte nichts dabei und man konnte ihr nichts mitgeben. Deshalb eilte sie durch die Stadt, um endlich in einer Apotheke eine einzige Wegwerfwindel zu erstehen, in einem Geschäft einen Strampler und eine kleine Wolldecke.

Es kam, wie es nicht vorgesehen war: Plötzlich stand Petra mit zwei Babys im Arm da. Zwei ihr und ihrer Familie von Gott anvertraute Wesen. Zwei Geschenke.

Bevor sie zum Auto ging, hatte sie endlich Zeit, sich die Kinder anzusehen. Sie blickte in das süße Gesicht des einen, mit schwarzen Haaren und ebenso dunklen Augen. Als sie die Decke bei dem anderen Kind zurückschlug, das der verzweifelten Mutter im Flur, sah sie ein auffallend hübsches Gesicht mit hellblonden Haaren. Sie ahnte, dass in der Sippe der dunkelhaarigen Mutter mit ebensolchem Teint dieses Kind immer sofort aufgefallen wäre.

Aber wo sollte dieses blonde Bündel schlafen? Petra besaß nur sehr begrenzt Babywäsche, zu wenig für das zweite Kind. Schweren Herzens fuhr sie nach Hause zurück. Irgendwie lastete die Verantwortung stark auf ihr. Sie betete, dass Gott doch Erbarmen auch für dieses unschuldige kleine Baby habe mochte.

Als sie vor ihrem Haus parkte, bemerkte sie das Auto aus Deutschland im Hof. Sie holte tief Luft. Jetzt auch noch Übernachtungsgäste! Immer wieder kamen Wohltäter, denn das Kinderheim wurde nur von Geld- und Sachspenden getragen, zu Besuch und übernachteten im Haus, da es im Ort weder eine Pension noch ein Hotel gab. Das bedeutete: noch größere Portionen kochen, noch mehr Schlafplätze erfinden und einfach noch mehr Arbeit inmitten schlafloser Nächte durch die kleinen Mäuler, die auch nachts gefüttert werden mussten.

Doch was sie dann erlebte, grenzte an ein Wunder. Einer der Gäste war ein Freund der Familie, und als er seinen Koffer öffnete, war sie sprachlos, welche Spenden er vor ihnen ausbreitete: Babynahrung, Babykleidung, Spielzeug und vieles mehr.

Es war ein besonderer Tag im Dezember, an dem viele Dankgebete gesprochen wurden.

Und die beiden „neuen" Babys teilten sich das Bettchen, indem ein Stillkissen jedem seinen Schlafbereich zuwies.

INGRID KRETZ

DER VERSCHOBENE
Heiligabend

Es war eine blöde Idee – fanden wir Kinder! Zugegeben, bei uns war damals der Heilige Abend mit der Familie weder besinnlich noch gemütlich. Unsere Eltern waren, allen guten Vorsätzen zum Trotz, meistens „auf den letzten Drücker" mit ihren Vorbereitungen. Dazu gab es am 24. Dezember jede Menge Verpflichtungen, mehr oder weniger für alle Familienmitglieder, Auftritte beim Krippenspiel oder mit dem Posaunenchor. Unser Vater hatte selbst einen oder zwei Gottesdienste zu halten. Das alles spielte sich – wir waren in der Stadt zu Hause – in unterschiedlichen Gemeinden ab. Jeder hatte sein eigenes Programm. Der eine musste um 14:00 und um 16:00 Uhr irgendwo sein, die Schwester um 15:30 Uhr, der Vater um 17:00 Uhr. Im Laufe des Tages sollten auch noch ein paar ältere bzw. alleinstehende Menschen besucht werden – am besten noch in Verbindung mit einem Lied oder Gedicht aus Kindermund. Bis alle dann am Abend zu Hause ankamen, war es schon ein bisschen später. Dann sollte es noch ein schönes Essen geben, das aber auch ein bisschen Vorbereitungszeit brauchte, selbst wenn es einfach war. Wir Kinder hielten die Warterei kaum aus …

Dann endlich die Lichter am Weihnachtsbaum entzünden, noch mal die Weihnachtsgeschichte lesen (die wir ja alle schon gelesen oder gehört hatten), singen … und die Geschenke bitte nicht alle gleichzeitig aufreißen, sondern schön der Reihe nach, und das Geschenkpapier möglichst für einen nochmaligen Einsatz retten. Mittlerweile war die Zeit so vorgerückt und alle waren so müde, dass die weihnachtliche Stimmung es schwer hatte. Nicht selten gab es dann auch Kindertränen, nicht selten war die Atmosphäre angespannt.

In einem Jahr, ich muss so 10 oder 11 gewesen sein, waren unsere Eltern offenbar der Meinung, dass wir nun alt genug seien für eine vernünftige Betrachtung des Ganzen. Sie eröffneten uns ein paar Tage vorher, dass der Heilige Abend immer so vollgestopft sei mit Verpflichtungen. Es sei doch für uns alle nicht schön, derartig abgehetzt Weihnachten zu feiern. Deshalb hätten sie beschlossen, den Heiligen Abend innerfamiliär auf den 2. Weihnachtstag zu verlegen.

An diesem Tag, für alle gottesdienstfrei, sei genügend Zeit und Ruhe, um gemeinsam Weihnachten zu feiern und eben auch zu bescheren.

Wir Kinder waren in seltener Einigkeit dagegen. Wir protestierten mit allen Argumenten, die uns zur Verfügung standen. Zwecklos, unsere Eltern wollten das unbedingt „einmal ausprobieren".

Am Heiligen Abend fühlten sich alle Gottesdienste und Weihnachtslieder komisch an. Wir wussten, die Fortsetzung in der Familie gibt es erst übermorgen. Als alle zu Hause waren, gab es etwas zu essen, bestimmt sogar etwas Leckeres. Dann war Zeit zum Lesen oder auch für ein gemeinsames Spiel. Was an jedem anderen Abend schön gewesen wäre, fühlte sich falsch an. Fröhliche Stimmung kam nicht auf.

Wir Kinder maulten herum. Wir wussten, in den Wohnungen ringsum wurden jetzt die Lichter angezündet und die Geschenke ausgepackt. Bei uns hieß es: warten bis übermorgen. Ich glaube, auch für unsere Eltern war es komisch, selbst wenn sie nichts sagten.

Regelrecht peinlich war der 1. Weihnachtstag. Bekannte und Freunde unserer Familie fragten arglos: „Na, was hast du denn zu Weihnachten bekommen?" Was sollten wir sagen? „Noch nichts!" – „Wie, noch nichts?" – „Na ja, die Bescherung ist bei uns erst morgen …!" Alle guckten verdutzt, mitleidig, verständnislos. Ein Freund der Familie wunderte sich, wie die Eltern denn auf so eine seltsame Idee kommen konnten. Balsam für die verwundete Kinderseele.

Auch der herbeigesehnte 2. Weihnachtstag war schwierig. Kommt die Bescherung gleich am Morgen, wenn die Kinder wach sind (und wir waren früh wach)? Nach dem Frühstück? Nach dem Mittagessen? Wie soll das Programm vorher aussehen? Am mehr oder minder hellen Morgen fühlte sich der „Heilige Abend" komisch an. Es gab für die Gestaltung keine Erfahrungen, an denen man sich hätte orientieren können. Alles musste ausgehandelt werden.

Ich weiß gar nicht mehr, wie es letztlich war. Wir haben unsere Geschenke bekommen. Bestimmt haben wir uns auch am 2. Weihnachtstag noch darüber gefreut.

Dass diese Familien-Weihnachtsfeier aber als besonders schön, besinnlich und gemütlich im familiären Gedächtnis geblieben wäre, kann man nicht sagen. Auch unsere Eltern nahmen schnell wieder Abstand von ihrer Idee. Alle waren sich einig, dass im nächsten Jahr trotz aller Verpflichtungen wieder am „echten" Heiligen Abend gefeiert und eben auch beschert werden sollte.

Nie wieder hat irgendjemand das infrage gestellt. Und als wir Kinder viele Jahre später – längst erwachsen – uns noch mal an dieses merkwürdige

Weihnachtsfest erinnerten, hatten unsere Eltern diesen verschobenen Heiligen Abend längst vergessen.

Es war sicher gut gemeint. Das Ergebnis war aber nicht gut.

Ein Familienfest oder auch eine Geburtstagsfeier kann man verschieben, der Heilige Abend aber bleibt der Heilige Abend.

Unsere Art, diesen Tag zu gestalten – als Gesellschaft, aber auch individuell in jeder Familie –, lässt sich nicht einfach auf einen anderen Tag verlegen. Und überhaupt: Wie „besinnlich" und „gemütlich" muss Weihnachten sein? Das erste Weihnachtsfest war weder das eine noch das andere. Maria und Josef waren auf einer strapaziösen Reise. Wie oft haben sie wohl zueinander gesagt: „So eine blöde Idee des Kaisers, diese Volkszählung, bei der jeder seine Heimatstadt aufsuchen muss …" Die Schwangerschaft hinderte am schnellen Vorwärtskommen. Kein Quartier mehr frei. Maria völlig erschöpft. Es blieb nur ein Stall. Das sieht in unseren

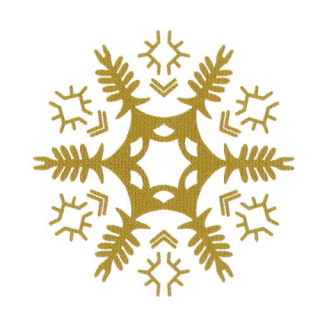

Krippen- und Weihnachtsspielen oft ziemlich gemütlich aus, aber ein Stall ist kein guter Ort für eine Geburt. Und eine Krippe als Kinderbett ist ärmlich. Das erste Weihnachten fällt in unruhige Zeiten. Es zwingt zum Improvisieren. Was ist denn überhaupt „Besinnlichkeit"?

> Weihnachten wird von Gott gemacht und hängt nicht daran, wie gut vorbereitet und in welch besinnlicher Stimmung wir sind.

Das haben wir alle – Eltern wie Kinder – durch diesen missglückten Versuch, den Heiligen Abend auf den 26. Dezember zu verschieben, gelernt. Fortan haben wir wieder am 24. Dezember gefeiert und beschert. Und die Unruhe und die Verpflichtungen rund um dieses Fest tun dem keinen Abbruch!

ANDREAS FRIEDRICH

EIN FAMILIENFEST
ODER AUCH EINE
GEBURTSTAGSFEIER
KANN MAN VERSCHIEBEN,
DER HEILIGE ABEND
ABER BLEIBT
DER *Heilige Abend.*

ANDREAS FRIEDRICH

Weihnachten

WIRD VON GOTT GEMACHT
UND HÄNGT NICHT DARAN,
WIE GUT VORBEREITET
UND IN WELCH
BESINNLICHER STIMMUNG
WIR SIND.

ANDREAS FRIEDRICH

DER goldene Rahmen

Ich esse gern Gans, ich mag kein Lametta.
Ich bastle 'nen Kranz nur aus Kerzen – kein Glitter!
Mein Baum ist nicht groß, doch mit Wurzeln im Kübel.
Das nimmt die Natur nicht so übel.

Ich mag ihn, den Duft von Kerzen und Backen.
Ich find es romantisch: Schnee schüppen, Eis hacken.
Zu all meinem Glück fehlt mir nur ein Kamin:
Verzaubert den Flammen zuseh'n …

Ein Bild von Weihnacht – zu schön, um wahr zu sein.
Ich bin wie geblendet von seinem hellen Schein –
doch …

Wenn der goldene Rahmen zerspringt
und nichts mehr glitzert und blinkt,
dann seh ich allein nur das Bild,
das Bild, und wünsch mir,
dass dieses viel mehr als sein
goldener Rahmen drumher
mein Sehnen nach Wundern
und Staunen stillt.

Ich möchte es feiern, mit Glanz,
Duft und Tönen, verspüren,
Gott stillt mein tieferes Sehnen,
wird einer von uns,
belebt diese Welt mit Liebe,
die Herzen erhellt.
Dies Bild verleiht Flügel
in heftigsten Stürmen.

Mögen sich Ängste,
Sorgen auftürmen –
es bleibt dieses wunderbare Fest,
weil der Himmel uns niemals vergisst!

Das Bild der Weihnacht
strahlt so hell und klar:
Der Herr des Himmels
kommt uns Menschen nah!

Wenn der goldene Rahmen zerspringt
und nichts mehr glitzert und blinkt,
dann seh ich allein nur das Bild,
das Bild, und wünsch mir,
dass dieses viel mehr als sein
goldener Rahmen drumher
mein Sehnen nach Wundern
und Staunen stillt.

THEA EICHHOLZ

GOTT STILLT MEIN
TIEFERES SEHNEN,
WIRD EINER VON UNS,
BELEBT DIESE WELT MIT LIEBE,
DIE *Herzen* ERHELLT.

THEA EICHHOLZ

DIE BOTSCHAFT
der Krippe

Ich komme spät aus meinem Büro, das sich in unserem Haus befindet. Die Kinder sind schon zu Bett gegangen. Meine Frau hatte mir schon den Gute-Nacht-Kuss gegeben. Es ist still und das Dämmerlicht der weihnachtlichen Dekoration an unseren Fenstern erhellt mit seinem Schein die Zimmer. Im Kaminofen brennt das Feuer, das Flackern der Flammen zeigt sich an den Wänden mit lebendigem Spiel. Der Letzte, der zu Bett geht, der macht die weihnachtliche Lichtdekoration aus. Ich gehe also von einem Zimmer zum anderen und schalte die Deko aus, zuletzt im Lebezimmer, dem Zimmer, das in der Mitte unseres Hauses ist, dort wo auch der Kaminofen steht.

In der Ecke des Zimmers stehen unsere Krippenfiguren, der Stall mit Ochs und Esel, in der Mitte das Kind in der Krippe. Maria kniet davor und Josef wacht mit vorgebeugtem Kopf wachsam über das Kind. Etwas abseits stehen rechts die drei Weisen aus dem Morgenland mit ihren Kamelen und links davon die Hirten mit ihren Schafen. Drei Engel stehen hinter der Krippe. Es sind drei Engel, für jedes unserer Kinder eins. Wir haben nach jeder Geburt unserer Kinder einen Engel dazugekauft. Die ganze weihnachtliche Szene wird von einem kleinen Stalllämpchen erleuchtet. Der direkte Strahl fällt auf das kleine Christuskind in der Krippe.

Ich halte inne, will noch nicht das Licht im heiligen Stall ausmachen. Ich betrachte die Figuren aus geöltem Kirschholz, eine moderne Schnitzarbeit aus Südtirol. Die Figuren haben weiche Konturen und deren Gesichter sind sanft angedeutet und doch voll Klarheit strahlen sie die Botschaft von Weihnachten aus.

Meine Frau und ich haben schon immer von einer eigenen Krippe geträumt und danach gesucht und diese hatten wir auf einem Weihnachtsmarkt zum ersten Mal gesehen und gekauft. Damals gab es nur Maria, Josef und das Kind in der Krippe und mit jedem Jahr gab es neue Figuren, die wir dann über die Jahre hinzugekauft haben. Und jetzt stehen sie alle zusammen, die Szene von Heiligabend, als Gottes Sohn zu uns Menschen gekommen ist – hier kann ich sie betrachten.

Die Krippenfiguren aus Kirschholz helfen mir, darüber zu staunen, dass der große Gott, der Himmel und Erde gemacht hat – auch uns Menschen –, dass er als Kind kommt. Warum kommt er so klein und schlicht zu uns Menschen? In welche Armut ist er geboren! Was hat sich Gott dabei gedacht?

Ich staune und all diese Gedanken gehen mir durch den Kopf.

Mein Blick kann sich nicht von der Krippenszene trennen. Ich nehme Josef heraus, gehe mit meinen Fingern die Konturen der Figur nach. Ich liebe dieses Holz, die Maserungen, die warme rötlich-grün-orange Farbe des Kirschholzes, die geschwungene Form der Figuren. Ich stelle Josef wieder zurück. Ich nehme Jesus aus der Krippe und lege ihn in den schützenden Umhang von Maria. Das geht bei unseren Figuren. Ich stelle mir vor, dass Maria ein Wiegelied singt, damit das kleine Jesuskind einschläft. Es macht mir sehr viel Freude, dass wir diese Krippe damals erworben haben. Sie ist schön. Sie passt zu uns als Familie, sie passt zu meiner Frau und mir. Ich setze mich und betrachte die Krippenszene. Sie erzählt mir die Weihnachtsgeschichte, die wir erlebt haben.

Ich weiß noch, damals, als meine Frau und ich diese Krippe gekauft haben. Wir waren erst ein Jahr verheiratet. Mein Studium war beendet und meine berufliche Situation war alles andere als in bester Ordnung. Vor Weihnachten legte ich mein 2. Examen ab, und dann sollte das Berufsleben beginnen. Doch daraus wurde nichts. Ich wurde nicht angestellt. Meine Hoffnung zerplatzte. Ende Dezember war ich arbeitslos. Arbeitslosengeld I hatte ich schon für die Übergangszeit bezogen. Hartz IV klopfte an die Tür. Die Mietwohnung, die wir hatten, war für Hartz IV zu groß und es wurde uns gesagt, dass wir eine kleinere Wohnung suchen müssten. Das Geld war also knapp. Die Zukunft düster.

Dennoch gingen wir in der vorweihnachtlichen Zeit auf den Weihnachtsmarkt. Viel Geld hatten wir nicht. Wir kauften uns nichts, gingen durch die engen Gassen mit den Buden, hörten die weihnachtliche Musik. Der Duft von gebrannten Mandeln und Glühwein erfüllte den Ort. Wir waren mit traurigen und sorgenvollen Herzen unter all den Menschen unterwegs. Auf das Einkaufen von Geschenken mussten wir in diesem Jahr verzichten, so hatten meine Frau und ich es für diese Weihnachten beschlossen.

Wir kamen zu einem Blockhaus auf dem Weihnachtsmarkt, die verkauften geschnitzte Krippen und im Schaufenster betrachteten wir die Figuren. Wir gingen hinein. Anschauen kostet bekanntlich nichts. Dicht gedrängt waren die Besucher im Raum, schoben sich langsam weiter und betrachteten die vielen geschnitzten Figuren und Kunstgegenstände. Der Innenraum war erfüllt vom Duft des Holzes und des Leinöls. Wir betrachteten die Figuren, und dann blieben wir beide still an einer Figurenszene stehen:

Maria, Josef und das Kind in der Krippe. Diese Figuren sprachen uns an. Wir waren gleich von der Anmut und Ausstrahlung der Figuren berührt. Sie strahlten Liebe, Sanftmut und Frieden aus.

Der Verkäufer kam zu uns und sagte, dass dies die neue Krippenfigurenkollektion sei, die noch im Werden ist. Jedes Jahr kämen Figuren hinzu.

Wir gingen wieder hinaus. Draußen gingen wir weiter durch die Gassen des Weihnachtsmarktes. Wir sprachen von den Krippenfiguren, von unserem Traum, eines Tages selbst eine Krippe im Haus zu haben. Dann, wenn unser Leben gesichert war, dann wollten wir diese Krippe kaufen. Aber nicht an diesem Tag! Wir mussten doch unser Geld zusammenhalten. Als wir so weiter über den Weihnachtsmarkt schlenderten, hielten wir plötzlich inne. Wir hatten beide den gleichen Gedanken: Wir sollten die Figuren jetzt mit unserem wenigen Weihnachtsgeld kaufen. Es musste dieses Weihnachten sein.

Und so gingen wir wieder zurück zu der Blockhütte mit den Krippenfiguren. Unser Geld reichte gerade für die Krippe mit den Figuren Josef, Maria und dem kleinen Jesuskind. Wir ließen uns die Figuren einpacken und dann machten wir uns auf den Heimweg. Wir waren glücklich. Wir hatten ein Weihnachtsgeschenk. Wir haben uns gegenseitig diese Figuren an diesem besonderen, für uns nicht einfachen Weihnachten geschenkt.

Zu Hause suchten wir dann einen schönen Platz, und seit jenem Weihnachten stehen sie in unserer Wohnung. Sie erinnern uns an unsere schwere Zeit, dass wir selbst im Aufbruch waren, im Nacken Hartz IV, keine berufliche Perspektive und wenig Geld.

Und plötzlich sahen wir unsere eigene Lebenssituation in der Krippe. Gottes Sohn, geboren in einem ärmlichen Stall bei Ochs und Esel. Es war kein Platz in Bethlehem bei den Menschen für den Sohn Gottes. Arm war er. In einer Krippe hat er gelegen. So kommt Gott zu uns!

Wir waren arm. Es drohte uns, dass auch wir die Wohnung verlassen mussten. Das neue Jahr war ungewiss.

Die Botschaft der Krippe war an uns gerichtet: Immanuel, das bedeutet, Gott ist mit uns.

Ja, Gott kommt so tief herab, dass jeder zu ihm kommen kann. Hoffnungslose, Traurige, Hartz-IV-Empfänger, Arbeitslose, Ängstliche und Sorgenvolle … alle können zum Kind in der Krippe kommen.

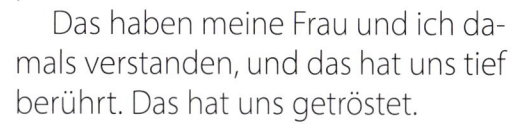

Das haben meine Frau und ich damals verstanden, und das hat uns tief berührt. Das hat uns getröstet.

Meine Frau und ich sind zu der Krippe gegangen, mit all unseren Sorgen über unsere ungewisse Zukunft. So wie die Hirten in jener Heiligen Nacht. Wir haben mit ihnen die Botschaft der Engel gehört: „Fürchtet euch nicht! Siehe, ich verkündige euch große Freude, die allem Volk widerfahren wird: denn euch ist heute der Heiland geboren, welcher ist Christus, der Herr, in der Stadt Davids."

(Lutherbibel 2017) Fürchtet euch nicht! Der Heiland ist für meine Frau und für mich geboren.

So haben wir damals Weihnachten gefeiert. Seitdem begleiten uns die Figuren auf unserem gemeinsamen Weg. Sie haben miterlebt, dass wir als Familie wuchsen, dass wir drei gesunde Kinder haben, für die die drei Engel in der Krippenszene stehen. Ich fand Arbeit. Der Start ins Berufsleben war zwar holprig, aber bis heute sind wir wohlversorgt. Die Krippe hat uns auf unserem Lebensweg zu den verschiedenen Orten begleitet. Sie war mit uns in Russland, im fernen Sibirien, an verschiedenen Orten in Deutschland und heute steht sie im Haus in der Ecke des Lebezimmers.

Die Krippe verkündigt uns immer wieder die Weihnachtsbotschaft: Fürchte dich nicht! Dein Heiland ist geboren. Er ist mitten unter uns!

Sie erinnert uns daran, dass Gott selbst Mensch wurde, dass er in unsere Armut und unser Elend kam, dass er die Sorgen und Nöte der Menschen kennt, weil er sie selbst durchlebt hat.

Die Krippe ist im Laufe der Jahre gewachsen: Ochs und Esel, die Schafe, die armen und schlichten Hirten vom Felde, die anmutigen und edlen Weisen aus dem Morgenland. Sie alle sind da und stehen vor der Krippe des kleinen Kindes, das in Windeln gewickelt im Stroh der Futterkrippe liegt. Die Hirten und die Weisen, jeder mit seiner Lebensgeschichte, mit ihren Träumen, Hoffnungen und Sorgen stehen sie da. Und wir als Familie gesellen uns dazu. Die drei Engel, die für unsere drei Kinder stehen, haben diese Botschaft an uns: Wir sind im Stall von Bethlehem. Wir gehören dazu. Auch zu uns ist Christus der Heiland gekommen.

Die Krippe erinnert uns an die schwere Zeit, die wir gemeinsam durchlebt haben. Wie nahe uns Gott gekommen ist. Der Stall mit dem Christuskind war offen für uns. Das ist die Botschaft vom Kind in der Krippe.

Ich kehre aus meinen Erinnerungen zurück, betrachte die Krippe, die so voll Leben ist, die eine Botschaft an uns hat: „Fürchte dich nicht! Christus ist da!" So haben wir damals unser Weihnachten erlebt. Es ist gut, mit der Botschaft von Weihnachten in den Alltag zu gehen. Seit jenen Tagen haben wir das wieder neu verstanden und erfahren.

„Frohe Weihnachten!", spreche ich still zu mir und lösche das Licht im heiligen Stall. Leise gehe ich aus dem Zimmer. Schwach brennt das Feuer im Kamin. Es ist die heilige Zeit. Die Zeit, in der wir unsere Herzen offen haben. Damals haben wir die Botschaft in einer besonderen Weise erfahren.

Christus ist geboren. Gott ist in unserer Welt. Was für ein Segen.

STEFAN WAGENER

DIE BOTSCHAFT
DER KRIPPE
WAR AN UNS GERICHTET:
IMMANUEL, DAS BEDEUTET,
Gott ist mit uns.

STEFAN WAGENER

CHRISTUS IST GEBOREN.
GOTT IST IN
UNSERER WELT.
WAS FÜR EIN

Segen.

STEFAN WAGENER

WEIHNACHTEN MIT
neuen Nachbarn

Es ist November und ich bin wie immer im Stressmonat angelangt. Seit Jahren sind wir engagiert bei der Aktion „Weihnachten im Schuhkarton". Dazu habe ich noch Geburtstag, genau in der Abgabewoche!

Zudem noch die Anfrage unserer Tochter, ob mein Mann und ich mal kurz nach Südfrankreich kommen könnten, um sie abzuholen von ihrem Auslandssemester? Puh, irgendwie überstürzen sich die Ereignisse.

Auch politische Unruhen kündigen sich mit der großen Flüchtlingswelle an und es wird immer mehr, alles ist ungewiss. In dem ganzen Wirrwarr von Informationen bekomme ich gerade noch mit, dass in unserem leer stehenden Nachbarhaus Flüchtlinge untergebracht werden sollen. Also fangen wir an zu beten: „Herr, schicke uns doch eine christliche Familie ins Nachbarhaus, mit der wir dann unseren Glauben teilen können. Sie soll sich hier willkommen wissen und wohlfühlen."

Mein Mann plant unterdessen die Reise nach Südfrankreich und findet einen Termin, der auch unserer Debbie zusagt, das Wochenende über den 4. Advent, kurz vor Weihnachten. Ich nehme sofort Abstand von diesem Gedanken und frage spontan meine Schwester, ob sie und ihre Tochter mitfahren können, damit Dieter nicht allein ist. Sie ist sogleich begeistert und möchte, dass auch ich mitkomme. Oh nein, auch das noch. Langsam, aber sicher wird mir das alles zu stressig, zudem ich noch in der Krankenpflege arbeite und häufig im Einsatz bin, auch an den Wochenenden.

Währenddessen wird in unserem Nachbarhaus kräftig renoviert und gestrichen, eingerichtet und vorbereitet. Wir beten weiter, dass eine christliche Familie einziehen möge.

Es wird Dezember und der Advent ist alles andere als besinnlich. Eigentlich liebe ich das pralle Leben und bin glücklich, eine große Familie zu haben. Doch nach Südfrankreich möchte ich nicht fahren, sondern einfach nur zur Ruhe kommen. Das sind meine Gedanken, wohl aber nicht SEINE, nämlich Gottes Gedanken. Und so wird dann auch alles anders.

Die Tochter meiner Schwester wird plötzlich dringend an ihrem Arbeitsplatz gebraucht und muss absagen. Was nun? Allein mit meinem Mann will meine Schwester auch nicht fahren. Dann bekomme ich am gleichen Tag noch den Dienstplan für die Woche um den 4. Advent, und was sehe ich da? Ich habe frei … eine ganze Woche! Wie kommt denn so was? Ich habe doch überhaupt nicht danach gefragt? Ich habe einen Freiraum bekommen und spüre plötzlich eine innere Freude und Zuversicht, dass ich mitfahren darf und wahrscheinlich auch soll.

Währenddessen warten wir auf den Einzug „unserer erbetenen Flüchtlingsfamilie". Es bewegt sich nichts und wir werden schon etwas traurig, dass vielleicht gar niemand kommt.

Plötzlich erhalten wir die Nachricht: Morgen kommen Leute. Es werden 6 oder 7 Männer sein. „Was? Nur Männer? Und das direkt neben uns? Herr, hast du unser Gebet überhört?", frage ich im Stillen.

Am nächsten Tag schauen wir immer wieder auf die Straße und warten, bis sich tatsächlich etwas bewegt. Emsiges Hin und Her, wenig Gepäck, das hauptsächlich aus Plastiktüten besteht, beobachten wir. Danach wird es wieder still auf der Straße und der Transporter fährt weg. Was nun?

Ich begebe mich direkt in die Küche und beginne einen Kuchen zu backen. Noch am selben Abend möchte ich unsere Nachbarn begrüßen, so mein Plan. Unsere Jungs muss ich dazu ein wenig überreden, denn es ist eben alles neu. „Was sollen wir sagen … das geht nicht mit der Verständigung …

wir können doch kein Arabisch", lauten ihre Argumente.

Trotz allem … Wir gehen rüber und bringen den warmen Kuchen, und mit ihm einen guten Duft, ins Haus. Alle wirken noch ziemlich erschöpft und etwas verstört. In Anbetracht unserer Unsicherheit und unserer Unterhaltung mit Händen und Füßen zückt einer der Männer sein Handy und nutzt es als Dolmetscher. Das kannten wir bis dahin überhaupt nicht, und schon ist eine Unterhaltung im Gange.

Wieder etwas gelernt, die moderne Technik macht es möglich. Wir notieren die Namen unserer Nachbarn und sie filmen uns mit ihren Handys. Das ist der Beginn einer großen Freundschaft.

Doch nun steht erst mal Südfrankreich auf dem Plan. Am nächsten Tag fahren wir los in Richtung Montpellier. Unseren alten VW-Bus haben wir gemütlich hergerichtet, die große Fahrt kann beginnen. Zuerst holen wir meine Schwester im Schwarzwald ab und dann unsere Tochter im Süden. Das Auto fährt wie geschmiert … Gott sei Dank! Wir genießen sogar einen Tag am Strand … und das kurz vor Weihnachten. Zwischendurch häkele ich noch warme Mützen für unsere neuen Freunde, die wir ihnen zu Weihnachten schenken möchten. Eine schöne und erfüllte Zeit, trotz meiner anfänglichen Bedenken. Ich bin dankbar, dass ich mitfahren konnte und sollte. Da bin ich mir jetzt ganz sicher.

Gut wieder zu Hause angekommen, steht nun das Weihnachtsfest sprichwörtlich vor der Tür. Uns ist sofort klar, dass wir unsere neuen Nachbarn am Heiligen Abend zum Essen und in die Kirche einladen. Sie kommen gerne und nehmen am Gottesdienst teil. Wir singen Weihnachtslieder auf Deutsch und Englisch, werden dabei gefilmt und direkt nach Syrien und in den Irak verbunden, zu den Familien der Männer.

Die anfänglichen Befürchtungen sind schnell vergessen und wir haben eine richtig gesegnete Zeit. Wir verschenken süße Teller zu Weihnachten, Bibeln in arabischer Schrift und natürlich auch die Mützen, die in unserem Kurzaufenthalt in Frankreich entstanden sind.

Wir erzählen von unserem Glauben und der Weihnachtsbotschaft und erleben ein ganz anderes Weihnachtsfest mit unseren syrischen Nachbarn. Eine gesegnete Zeit.

Nach einigen Wochen sind ein paar der Männer wieder in ihre Heimat zurückgekehrt. Wir haben immer noch Kontakt zu ihnen. Yousef, der sich in Deutschland gut integriert hat, nennt mich seither Mama Esther. Welch eine Ehre!

Wir beten weiter, dass sie nicht nur unser Weihnachtsfest in guter Erinnerung behalten, sondern dem Kind in der Krippe persönlich begegnen. Wir haben es nicht in der Hand, aber Gott kann es schenken.

ESTHER MANN

Christnacht

Wieder mit Flügeln, aus Sternen gewoben,
senkst du herab dich, o heilige Nacht:
Was durch Jahrhunderte alles zerstoben –
du noch bewahrst deine leuchtende Pracht!

Leerend das Füllhorn beglückender Liebe,
schwebst von Geschlecht zu Geschlecht du vertraut;
wo ist die Brust, die verschlossen dir bliebe,
nicht dich begrüßte mit innigstem Laut?

Und so klingt heut noch das Wort von der Lippe,
das einst in Bethlehem preisend erklang,
strahlet noch immer die liebliche Krippe –
tönt aus der Ferne der Hirten Gesang.

Was auch im Sturme der Zeiten zerstoben –
senke herab dich in ewiger Pracht,
leuchtende du, aus Sternen gewoben,
frohe, harzduftende, heilige Nacht!

FERDINAND VON SAAR

DIE LIEBE UND UNBEKÜMMERTHEIT
eines Kindes

„Frohe Weihnachten wünsche ich Ihnen allen! Und allen Menschen überall! Frohes, gesegnetes Fest!"

Erkannt, wer dieses bekannte Filmzitat zum Ende eines Weihnachtsklassikers sagt?

Es ist „der kleine Lord" aus dem gleichnamigen Film. Und eben jener Film hat für mich eine inzwischen lange und feste Tradition, die unmittelbar mit dem Weihnachtsfest zusammenhängt.

Seit über 10 Jahren schauen meine Frau und ich den Film „Der kleine Lord" jedes Jahr am Freitag vor Heiligabend, wenn er ausgestrahlt wird. Das klingt jetzt vielleicht erst einmal nach keiner großen Besonderheit. Doch für uns ist die Bedeutung eine große.

Im Film geht es um den Jungen Cedric und seinen Großvater, den Earl of Dorincourt. Da alle Söhne des Earls verstorben sind, hat Cedric als sein ältester Enkel nun den Anspruch auf sein Erbe. Cedric zieht als Lord Fauntleroy auf das Schloss des Großvaters, um von ihm auf seine zukünftige Rolle vorbereitet zu werden.

Der Earl ist ein verbitterter, hartherziger älterer Mann, dessen Herz jedoch nach und nach durch die Liebe und Unbekümmertheit seines Enkels erweicht wird. Auch in der Grafschaft ist man total überrascht von dem kleinen Lord, der so anders ist, als sie die aristokratischen Herrscher sonst erleben. Cedric setzt beispielsweise einen armen, fußlahmen Jungen auf sein Pony und bringt ihn – neben ihm laufend – ins Dorf, kauft ihm Krücken. Er bewirkt, dass das völlig heruntergekommene Dorf der verarmten Pächter des Earls wieder instand gesetzt wird und Schulden später zurückgezahlt werden dürfen. Und am Ende akzeptiert der Großvater sogar Cedrics Mutter als Schwiegertochter, die er zuvor nicht leiden konnte, da sie nicht aus einem Adelsgeschlecht kommt – und zusammen feiern sie ein ganz besonderes Weihnachtsfest.

Was mich an diesem Film so besonders fasziniert:

Er macht die Botschaft von Weihnachten und das Leben von Jesus so greifbar. Jesus, der sich als Gottes Sohn aufmacht – und kleinmacht –, um zu helfen, zu heilen und Gutes zu tun. Der Liebe und Gerechtigkeit lehrt, alle gleich behandelt, keine Unterschiede macht und ein Herz gerade für die Außenseiter, Erkrankten und Schwachen hat. Jesus, der kein Herrscher war, sondern ein Diener durch und durch.

Daran erinnert mich „Der kleine Lord" jedes Jahr aufs Neue. Und an meinen Wunsch, im Alltag immer häufiger nach dem Vorbild von Jesus zu leben.

STEFAN KLEINKNECHT

ALLE JAHRE

wieder

Alle Jahre wieder
kommt das Christuskind
auf die Erde nieder,
wo wir Menschen sind.

Kehrt mit seinem Segen
ein in jedes Haus,
geht auf allen Wegen
mit uns ein und aus.

Ist auch mir zur Seite
still und unerkannt,
dass es treu mich leite
an der lieben Hand.

WILHELM HEY

EIN HEILIGER
Weihnachtsmoment

Es war am Montag nach dem vierten Advent. Meine Frau und ich hatten in Frankenberg oben in der Altstadt geparkt, neben dem beeindruckenden Rathaus mit seinen zehn Türmen. Weil wir unten in der Stadt noch etwas einzukaufen hatten, mussten wir den steilen Berg hinunter – und anschließend wieder hinauf. Das war für uns grenzwertig. Nicht, dass es geschneit hätte oder glatt gewesen wäre. Auch nicht wegen der Einkäufe. Die waren überschaubar. Aber meine Frau ist auf den Rollstuhl angewiesen. Und meine Lungenfunktion ist krankheitsbedingt eingeschränkt. So haben wir immer wieder angehalten, weil ich mich ausruhen musste. Nun sind die Griffe am Rollstuhl ziemlich tief. Darum ist es für mich beim Schieben bergauf am einfachsten, wenn ich den Rücken krümme und auf den Boden schaue. Meine Frau sagt dann, ob ich etwas nach rechts oder links muss.

Mit dem Blick nach unten hörte ich plötzlich etwas sehr, sehr Schönes: einen reinen, hellen, klaren Klang. Vom Rathaus erklang zur vollen Stunde ein Glockenspiel. Ein Weihnachtslied.

Wir haben angehalten und den Tönen gelauscht. Die Stadt war an dem Montagmorgen wie ausgestorben. Es war mir, als wären diese Klänge nur für uns beide bestimmt. Und es war so schön – den Blick zu erheben und mich an diesen weihnachtlichen Melodien zu erfreuen. So heißt es ja auch: „Seht auf und erhebt eure Häupter, weil sich eure Erlösung naht." (Lukas 21,28)

Dazu passte dann auch das Lied: „Vom Himmel hoch, da komm ich her, ich bring euch gute neue Mär …"

Zu hören, dass vom hohen Himmel Gott herabkommt und uns seine Liebe als eine gute Nachricht verkündigen lässt, das war für mich ein heiliger Weihnachtsmoment. Und es formte sich in mir die Strophe als Gebet:

*Ach mein herzliebes Jesulein,
mach dir ein rein sanft Bettelein,
zu ruhen in meins Herzens Schrein,
dass ich nimmer vergesse dein.*

So hat es Martin Luther gedichtet. Das war zu der Zeit, als das Frankenberger Rathaus noch ziemlich neu war. Fünfhundert Jahre später würde ich das vielleicht anders ausdrücken:

„Lieber Jesus, mach mein Herz zu deiner Krippe. Lege dich in mein Herz hinein, damit ich dich nie mehr vergesse, sondern immer mit dir lebe."

Ja, denke ich, das sind heilige Weihnachtsmomente, wenn sich mein Herz für Jesus öffnet und wenn ich mitten im Alltag daran erinnert werde: Er ist die Liebe Gottes in Person. Er ist mir jetzt ganz nahe.

So stelle ich mir das auch bei Martin Luther vor. Als Mönch war er an die Stille im Kloster gewöhnt, die fast ausschließlich von den Gesängen im Gottesdienst durchbrochen wurde. Dann aber hat er geheiratet und seine Frau hat Kinder bekommen. Viele Studenten verkehrten in ihrem Haus. Als einer der wichtigsten Männer in Europa war er überall gefragt und gefordert. Das brachte viel Arbeit mit sich – und dauernde Unruhe. Wenn Martin Luther etwas erledigen wollte, gab es immer irgendwo Lärm. Trotzdem erlebte er heilige Weihnachtsmomente, gar nicht nur zur Weihnachtszeit. In einem solchen heiligen Weihnachtsmoment muss sich ihm – mitten in seinem lauten Alltag – der Himmel geöffnet haben und es sind ihm diese guten Worte eingefallen, die er dann aufgeschrieben und vertont hat: „Vom Himmel hoch, da komm ich her …"

Und so wird es vielleicht auch bei den Hirten gewesen sein, als mitten in der Nacht alles hell wurde und wunderbare Klänge das Hirtenfeld erreichten. Die Hirten haben bestimmt auch den Kopf gesenkt gehalten, so wie ich auf dem steilen Weg in Frankenberg. Aber dann haben sie den Blick gehoben und gestaunt – genau wie Martin Luther und wie ich. Heilige Weihnachtsmomente.

Beeindruckende Weihnachtsmomente erlebe ich sonst meist, wenn Kinder ein weihnachtliches Spiel aufführen und uns Erwachsenen vor Augen halten, was Weihnachten eigentlich ist. Oder wenn die Sternsinger-Kinder vor der Tür stehen und ihr Gloria singen. Diese Kinder sind für mich Engel im wahrsten Sinne. Denn dass Engel Flügel haben, steht ja gar nicht in der Bibel. Und auch die frühchristliche Kunst hat sie noch ohne Flügel dargestellt. Aber in der Bibel steht:

> Engel erzählen von Gottes Liebe, von Jesus, von der Geburt. Engel loben Gott mit ihren Liedern, Worten, Taten.

Und wer das tut, ist auch ein Engel. Die Flügel sind gar nicht entscheidend, damit es zu heiligen Weihnachtsmomenten kommt. Ja, echte Engel wissen meistens gar nicht, dass sie Engel sind: Botinnen und Boten der Liebe Gottes. Das hätte der Glockengießer oder diejenigen, die in Frankenberg für das Glockenspiel zuständig sind, vielleicht nicht geahnt, dass sie mir an einem frostigen Montag einen heiligen Weihnachtsmoment bescheren. Das war ein Geschenk vom Himmel hoch, direkt von Gott. Und die daran beteiligt waren, sind mir zu seinen Engeln geworden.

Das Geschenk hat mich dann durch die ganzen Feiertage getragen, die meine Frau und ich im Bett verbringen mussten, weil uns ein scheußliches Virus das Leben wirklich schwer gemacht und alles Feierliche verdorben hat. Erst als die Sternsinger kamen, wurde es bei uns wirklich Weihnachten. Wieder ein heiliger Weihnachtsmoment.

So möchte ich mir vornehmen, aufmerksam zu bleiben, darauf zu achten, wo mir unverhofft Engel begegnen. Da lässt mich Gott staunen und macht mich dankbar für seine Nähe, seine Liebe und seine Zuwendung. Ich möchte offen bleiben für heilige Weihnachtsmomente.

DR. REINER BRAUN

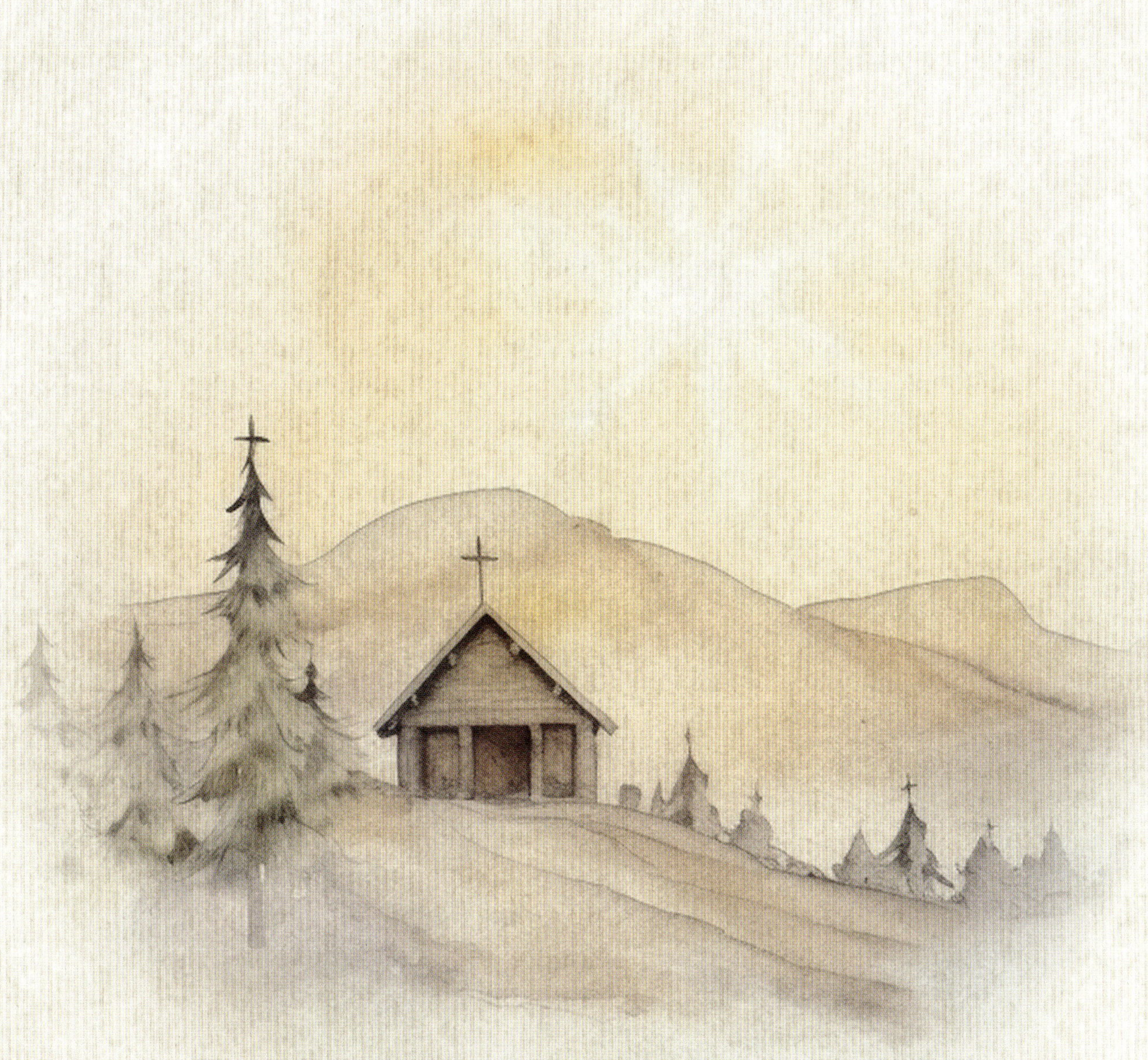

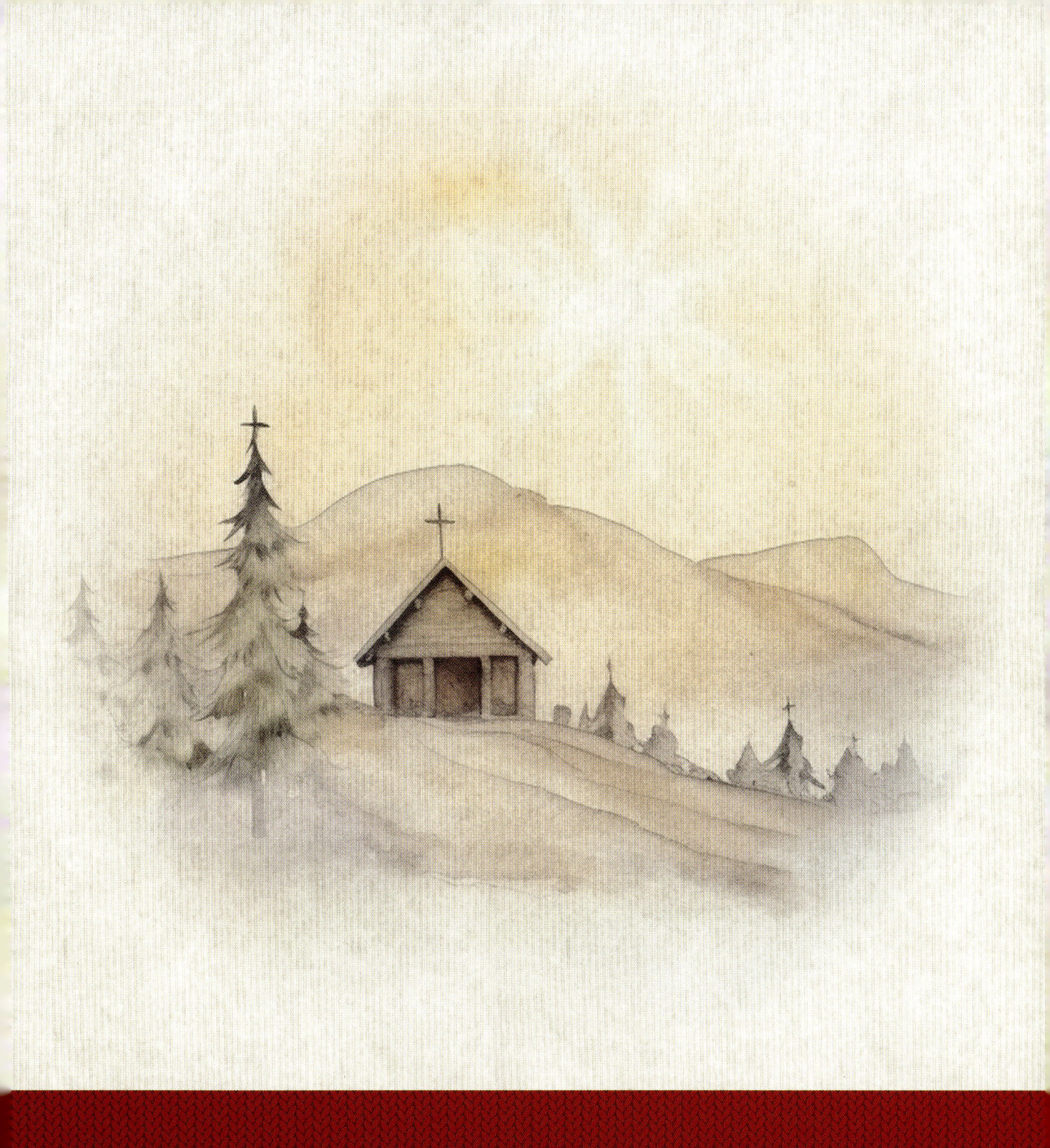

LIEBER *Jesus*,
MACH MEIN HERZ
ZU DEINER KRIPPE.
LEGE DICH IN MEIN HERZ
HINEIN, DAMIT ICH DICH
NIE MEHR VERGESSE,
SONDERN IMMER
MIT DIR LEBE.

DR. REINER BRAUN

ENGEL ERZÄHLEN VON
GOTTES LIEBE, VON JESUS,
VON DER GEBURT. ENGEL LOBEN
GOTT MIT IHREN
Liedern,
Worten,
Taten.

DR. REINER BRAUN

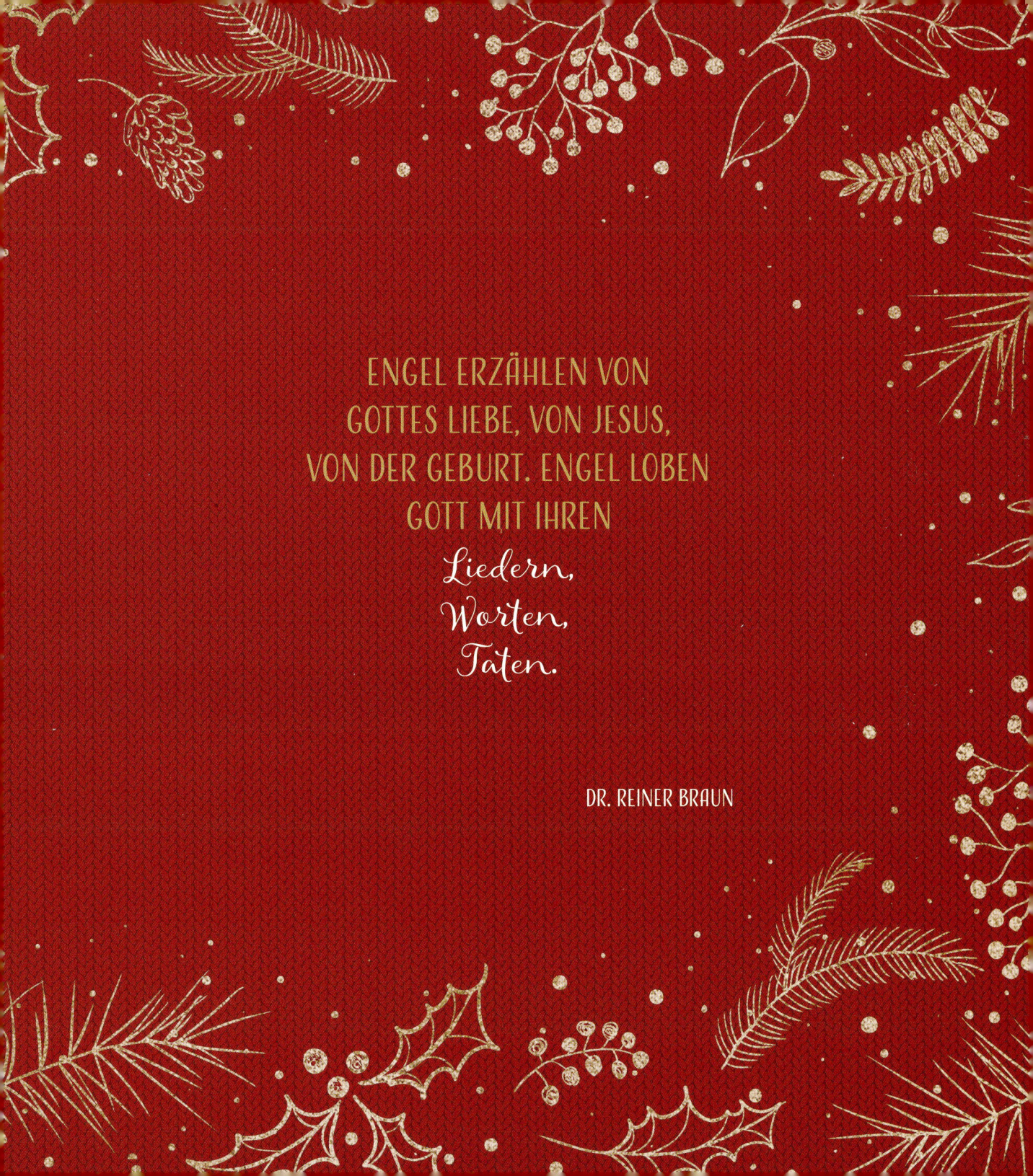

VOM
Himmel hoch

Vom Himmel hoch, da komm ich her,
ich bring euch gute neue Mär,
der guten Mär bring ich so viel,
davon ich singn und sagen will.

Euch ist ein Kindlein heut geborn
von einer Jungfrau auserkorn,
ein Kindelein so zart und fein,
das soll eur Freud und Wonne sein.

Des lasst uns alle fröhlich sein
und mit den Hirten gehn hinein,
zu sehn, was Gott uns hat beschert,
mit seinem lieben Sohn verehrt.

Lob, Ehr sei Gott im höchsten Thron,
der uns schenkt seinen eingen Sohn.
Des freuet sich der Engel Schar
und singet uns solch neues Jahr.

MARTIN LUTHER

HEILIGER *Abend*

"Mama, wo ist *die* Musik? Wo ist die CD mit der Heilig-Abend-Musik?"

Es gäbe 20 CDs, auf die das zutrifft, aber ich weiß, dass unser Ältester (24) eine bestimmte CD sucht, die, seit er auf der Welt ist, nach dem Krippenspiel-Gottesdienst unseren Weihnachtsabend eröffnet. Alle Jahre wieder. Nachher muss alles wieder so sein „wie immer".

Nein, nicht alles. Zum Beispiel dürfen immer wieder *andere* Gäste eingeladen werden. Auch den Kindern gar nicht so vertraute Menschen. Vielleicht weil sie schon so viele Krippenspielversionen gesehen oder selber mitgestaltet haben, dass sie ganz früh verstanden haben: Jeder ist eingeladen. Niemand soll ausgeschlossen sein. Diesen Abend muss man gemeinsam und fröhlich verbringen. „Wer feiert dieses Jahr mit uns?", fragen sie im Advent.

Als unsere beiden Jungs noch klein waren, gab es gleich nach der Rückkehr aus dem Gottesdienst Bescherung und danach erst das festliche Essen. So wurde alle aufgeregte Unruhe und zappelige Anspannung genommen, und nach dem ersten Sättigungsgefühl sind die Beschenkten dann dankbar auf den Teppich zum Spielzeug gewechselt. Wir Erwachsenen konnten die ruhigere Tischgemeinschaft und das leckere Essen noch eine Weile genießen. Später, als sie Teenager wurden, berührte es mich, wenn sie lange am Tisch verweilten, mit den Gästen erzählten, sich interessierten. Und wenn sie mich vorher um Rat baten, welche kleine Aufmerksamkeit sie Brigitte und Agnes schenken könnten, die dieses Jahr mit uns feierten.

Anderes muss jedes Jahr an Heiligabend gleich bleiben: die Instrumental-Musik oder das festliche Essen, unbedingt Raclette sollte das sein. Vielleicht weil man so schön verweilen kann am Tisch, in der Gemeinschaft mit den anderen, feierlich gekleidet und erwartungsvoll. Nach dem Essen sitzen oder stehen wir um den Baum und singen gemeinsam, mit oder ohne Geige. Es darf gewünscht werden, das Gesangbuch bietet reichlich Auswahl.

Wenn dann die ersten Kerzen heruntergebrannt sind und wir neue aufgesteckt haben, kommt ein besonders beliebter und unverzichtbarer Teil des Abends. Die Kerzen bleiben erst mal aus. Die kleine Lichterkette überbrückt die Dunkelheit. Jetzt hat jeder von uns Gelegenheit, eine einzelne Kerze wieder zu entzünden und dabei einen Namen zu nennen, einen Menschen, an den er jetzt denkt, dem er Licht und Hoffnung im Leben wünscht.

Das machen wir mit den Kindern, seit sie ganz klein waren. Damals haben sie „für das Jesuskind" oder „für Caro", den besten Kindergartenfreund, ein Licht angezündet. Aber dann mit der Zeit sind die Licht- und Segenswünsche mit ihnen gewachsen: „Für Opa, der jetzt im Himmel ist", „für die Lehrerin, deren Mann verunglückt ist" … An unseren Christbäumen der vergangenen Jahre wurden Kerzen für Kranke, Alte, Verzagte, Müde, Sterbende, Neugeborene, Geflüchtete, Freunde und Feinde … angezündet. Dabei muss man sich immer an der Krippe vorbeibewegen, um zu den Kerzen am Baum zu gelangen. Man kann immer auch das eigene Herz, die Sorgen, offene Fragen, alles Ungelöste dorthin bringen und ein Licht der Hoffnung entzünden. Die ganz großen Themen dieser Welt neben den persönlichen Namen entfalten eine Spannung, ein Ergriffensein von dieser schlichten Symbolhandlung. Und jetzt, genau hier ist für mich Heiliger Abend. Wenn Trost und Hoffnung einzig vom Jesuskind zu erwarten sind und alle menschlichen Worte enden.

Unsere Gäste machen das gerne mit und zeigen damit auch immer etwas von ihrem Leben, ihrem Herzen. Am Ende leuchtet der ganze Baum wieder hell. Wir schließen diesen Teil noch mit einem Weihnachtslied ab. „O komm, o komm du Morgenstern" (EG 19) ist zu einem unserer Lieblingslieder geworden. „Vertreib das Dunkel unsrer Nacht durch deines klaren Lichtes Pracht."

Nun ist bei uns auch die Zeit für Geschenke gekommen. Ein oft sehr fröhliches und zeitaufwendiges Geschehen, mit geselligem Erzählen zwischendrin. Auch hier hat sich ein Familienritual entwickelt. Wir geben uns gegenseitig je ein Geschenk und erzählen Motiv und „Findegeschichte" dazu. So haben alle einen Anteil an der Wertschätzung des Familien- oder Festmitgliedes. Oft sitzen wir bis weit nach Mitternacht zusammen.

Es ist uns kostbar geworden, uns an diesem familiären Fest zu öffnen, auch Fremdes, Fernes, Schweres in diesen Heiligen Abend einzulassen.

Das ist für uns ein wichtiger Bestandteil von Weihnachten.

HANNE DANGMANN

ES IST UNS
KOSTBAR GEWORDEN,
UNS AN DIESEM FAMILIÄREN
FEST ZU ÖFFNEN,
AUCH FREMDES, FERNES,
SCHWERES IN DIESEN
HEILIGEN ABEND
EINZULASSEN.

HANNE DANGMANN

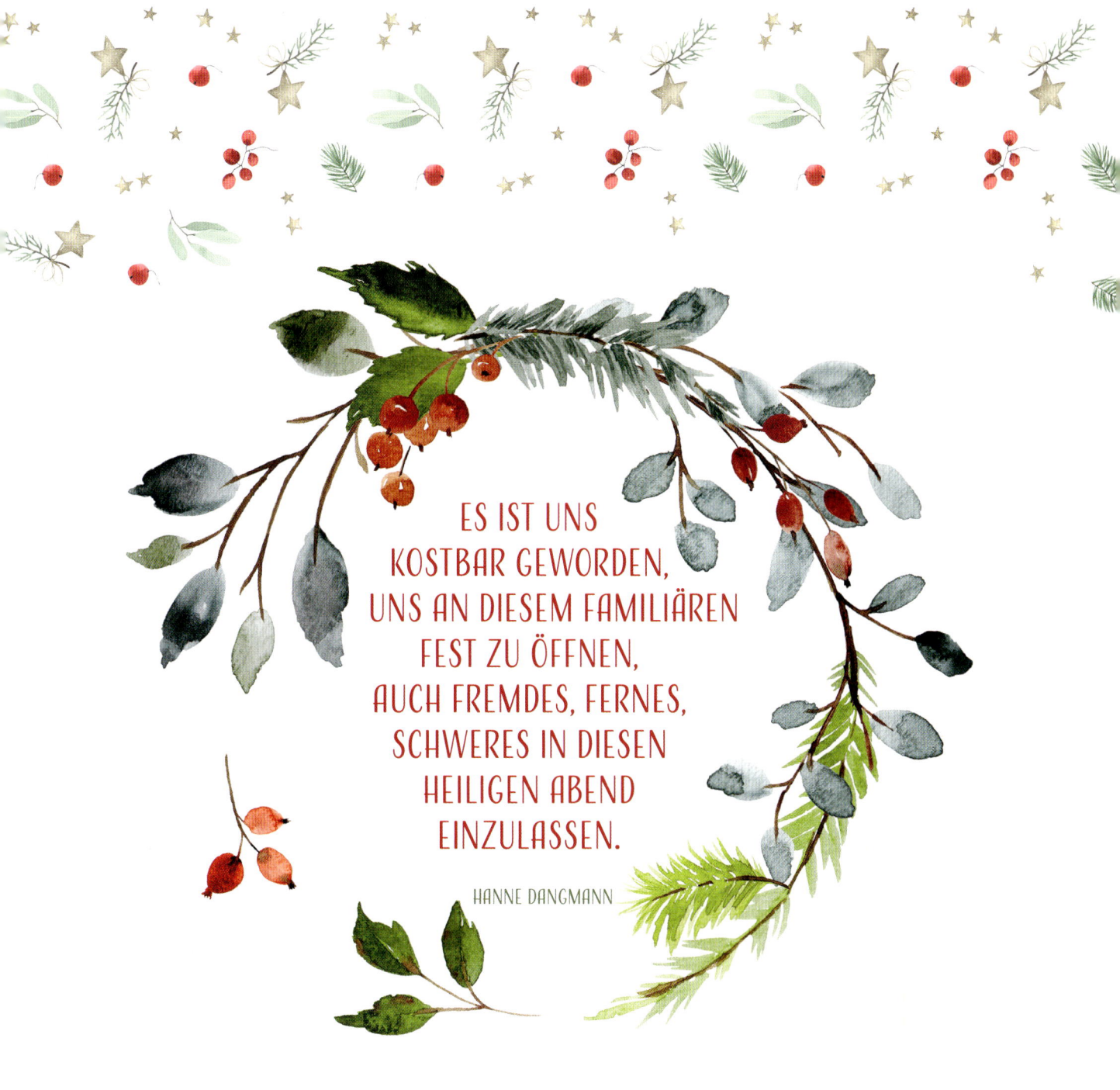

DIE ABGEGRABBELTE *Schachtel*

Um ein Haar hätte ich das Ding gar nicht mehr ausgepackt. Das kleine Päckchen war mir zugesteckt worden – mitten im Menschengewimmel nach der Christvesper.

Rückblende. Heiligabend 2013. Seit endlos langen Jahren bin ich schmerzkrank und deshalb auch chronisch erschöpft. Heute feiern wir zu viert: mein Bester, meine beiden Kinder und ich. Christvesper, Festtagsmenü, Süßigkeiten, Lachen und Singen – all das liegt schon hinter uns. Ich für meinen Teil habe genug. Es gibt vieles, was mir zu viel wird, auch an Feiertagen. Für heute also genug an Eindrücken, Impulsen, Leckereien? Ich bin wohlig satt und wieder mal erschöpft.

Nun liegt da nur noch das kleine Päckchen von einer Bekannten. „Das kann ich morgen auspacken", denke ich, denn eigentlich will ich nur noch ins Bett. Aber natürlich drängeln die Kids: „Ach, pack doch noch aus!" Und denken wahrscheinlich: „Wie kann man nur ein Geschenk liegen lassen? Mama!"

Verstehe ich. So hätte ich früher auch gedacht. Also packe ich es aus.

Zunächst entdecke ich eine kleine, etwas abgegrabbelte blaue Schachtel. Ob da früher mal ein Ring dringelegen hat – vielleicht damals ein besonderes Geschenk der Liebe? Schmuck wird sie mir sicher nicht geschenkt haben.

Nun doch gespannt, klappe ich den Deckel der Schachtel auf: Eine Muschel, genauer eine Wellhornschnecke, zart gebettet auf weißem Samt, und im Deckel der Schachtel klebt ein Spruch: „Manche Wunder brauchen etwas länger, und wir brauchen das Vertrauen, dass Gott nie zu spät kommt." Was?

Es ist um mich geschehen, ich ringe um Fassung und habe sie schon verloren. Das, was da liegt, ist mein Weihnachtsgeschenk! Fast hätte ich es heute nicht ausgepackt. Dabei ist es Gottes Reden zu meiner Seele, seine Ermutigung: „Halte aus, mein Kind, auf dem langen Weg in der Auseinandersetzung mit deiner Schmerzgeschichte bis hin zu … deinem Wunder." So ähnlich spricht Gott in Sekunden zu mir.

Denn die Muschel ist für mich ein inneres Zeichen. Ich hatte es mir vor langer Zeit am Beginn meiner Lebenskrise selbst ausgewählt. Es steht für Wachstum. Wachstum, das nachfolgend Schmerzverbesserung bedeuten würde. Keiner wusste von der Muschel, nur Gott, meine Therapeutin und ich.

„Und?" Vier neugierige Kinderaugen sind auf mich gerichtet und zwei zögerlich fragende meines Mannes. „Oh Leute", platzt es aus mir heraus, „das ist mein Weihnachtsgeschenk! Ich kann es euch jetzt nicht im Einzelnen erklären, aber Gott spricht gerade intensiv zu mir und sagt mir gute Dinge für meinen Weg. Ich bin so berührt und beschenkt." Das können meine Drei ein wenig verstehen.

Wie um Himmels willen konnte meine Bekannte mir das schenken, da sie von meiner Geschichte und Entwicklung so gut wie nichts weiß? Wohl nur, weil der heilige Gott dieses Geschenk mit ihr zusammen eingepackt hat. Mit meinem heiligen Präsent in der Hand gehe ich nach oben ins Schlafzimmer, damit ich es beim Aufwachen wieder in Augenschein nehmen kann. Wie erwartungsvoll ich bin: „Werden vielleicht ab morgen meine Schmerzen verschwinden oder sich bessern, mein Wunder sich Bahn brechen? Bitte, Herr!"

Oktober 2019. Fast sechs Jahre später ist es so weit: Mein Wunder bricht sich langsam Bahn. In einem Zeitraum von mehreren Monaten bessert sich meine langjährige Schmerzproblematik. Überwältigt, fassungslos, gerührt und gespannt nehme ich an meinem Körper wahr, dass Gott Wort gehalten hat. Unfassbar, aber wahr. Worte reichen nicht aus, diese Zeit zu beschreiben. Ich darf die Matte meiner langen Schmerz-Vergangenheit zusammenrollen, aufstehen und tanzen. Ja, er kam nicht zu spät: weder damals, als er mich 2013 an einem Weihnachtsfest besucht hat, noch später, als meine Zeit gekommen war.

„Siehste, Mama, war doch gut, dass du noch ausgepackt hast …"

KERSTIN WENDEL

WEIHNACHTEN IN *meiner Kinderzeit*

Ich weiß gar nicht mehr genau, wann ich mich bewusst an ein Weihnachtsfest meiner Kindheit zurückerinnere. Auf jeden Fall begannen die Feiertage damit, dass unsere Glastüre vom Wohnzimmer mit einer dünnen, braunkarierten Decke zugehängt wurde. Papa schmückte dahinter den Weihnachtsbaum. Anfangs waren unsere Weihnachtsbaumkugeln kunterbunt, später haben meine Eltern diesen Baumschmuck für die Kinderweihnachtsfeier in unserem Ort gespendet. Abgelöst wurden diese bunten Kugeln dann durch einen wunderschönen Goldschmuck, den wir alle zusammen auf dem Nürnberger Christkindlesmarkt gekauft haben. Ein tolles Erlebnis für mich und meinen Bruder. Wir waren noch kleine Kinder von sechs und knapp vier Jahren, und doch ist dieser Tag noch heute so präsent wie damals.

Es war schon sehr beeindruckend, als meine Mutter mit uns auf die Bühne zum Christkindl mit dem glitzernden Gewand und den goldenen Locken ging. Es fühlte sich so echt und himmlisch an. Nach diesem heiligen Augenblick ging es dann zu den Buden mit dem Baumschmuck. Wir haben filigranen Baumschmuck in Gold gekauft: Sterne, Päckchen, Zapfen, Kugeln, wunderschön und festlich.

Diesen Schmuck hängen wir heute, nach mehr als 50 Jahren, immer noch an unseren Weihnachtsbaum.

Bereits in meiner Kindheit erhielt ich Klavier- bzw. Orgelunterricht. Mein Papa kaufte eine Orgel und baute sie dann eigenständig zusammen. Wochen vor Weihnachten begann ich alle möglichen Kinderweihnachtslieder zu üben, bis zum Fest sollten sie fehlerfrei von mir vorgetragen werden. Nun war es wieder so weit, die schönste Zeit im Jahr begann.

Am Heiligen Abend sind mein Bruder und ich, gemeinsam mit unseren Eltern, nachmittags in die Kinderweihnachtsfeier unserer ortsansässigen Kirche gegangen. Danach ging es schnell nach Hause, damit es auch bei uns Weihnachten werden konnte. Doch zunächst gab es traditionell, wie in jedem Jahr, Lende mit Kartoffelsalat. Nach dem Essen gingen wir dann alle ins Wohnzimmer, mein Bruder, Mutti, Papa, Omi, Uropa, Uroma und ich. Jeder hatte seinen Platz. Wir Kinder waren sehr aufgeregt und in freudiger Erwartung, doch nun kehrte zunächst Ruhe und Stille ein. Unser

Papa holte die Bibel und las die Weihnachtsgeschichte aus dem Lukas-Evangelium. Danach betete er und dann kam mein Auftritt, für den ich so lange geübt hatte. Ich setzte mich an die Orgel und wir haben alle zusammen die wunderschönen alten Weihnachtslieder gesungen. Und dann, endlich ein Klingeln an der Haustür und das Christkind kam mit den Geschenken auch bei uns vorbei. Weihnachten.

Irgendwann haben wir Kinder angefangen, auch für die Eltern und Großeltern Weihnachtsgeschenke zu basteln. Wir erinnern uns alle immer wieder laut lachend an ein Ereignis, welches mit meinem Geschenk zu tun hatte. In der Kinderstunde haben wir gelernt, dass die dicken, schwarz gedruckten Verse in der Bibel ganz besonders wichtig sind. Ich hatte mir für dieses Jahr vorgenommen, dass jeder in unserer Familie eine selbst ausgeschnittene Kerze erhalten sollte, auf die ich dann so einen wichtigen Bibelspruch schreiben wollte. Gesagt, getan. Die Kerzen malte ich aufs Papier, schnitt sie sorgfältig aus, und dann holte ich die Bibel und suchte nach schwarz gedruckten Versen. Für alle Familienmitglieder wurde ich fündig. Die Bibel enthält viele solcher Verse, wenn man gezielt danach schaut. Freudig und sorgfältig schrieb ich alles auf meine Kerzen auf. Ich war mit meiner Arbeit zufrieden. Nachdem ich zur Bescherung stolz meine selbst gebastelten Geschenke verteilt hatte, wollte ich, dass jeder seinen Vers laut vorliest. Als mein Papa an der Reihe war, fing er an zu schmunzeln. Dann hat er langsam seinen von mir erwählten Spruch vorgelesen: „Nun lässest du deinen Diener in Frieden fahren" nach dem Lukas-Evangelium 2,29. Ich habe erst überhaupt nicht verstanden, warum dann alle laut lachten, nun ja, ich war sieben oder acht Jahre alt. Heute reden wir jedes Jahr an Heiligabend über dieses Ereignis und müssen immer noch herzhaft lachen. Stets die gleiche Zeremonie und jedes Jahr aufs Neue wunderschön.

Für mich ist es bis heute wichtig, Weihnachten gemeinsam mit meiner Familie zu feiern. Auch wenn ich bereits seit Jahrzehnten berufsbedingt an einem anderen Ort wohne, komme ich gerne wöchentlich nach Hause und an Weihnachten ganz besonders.

Diese Geborgenheit und Liebe, die ich seit meiner Kindheit erleben durfte und bis heute verspüre, möchte ich um keinen Preis missen. Der Weihnachtsbaum erstrahlt auch nach vielen Jahrzehnten immer noch festlich mit dem Goldschmuck vom Christkindlesmarkt.

Mit meinen liebsten Menschen verbringe ich diese Tage mit leckerem Essen und schönen Geschenken. Basteln tue ich heute nicht mehr, aber die Erinnerungen bleiben und werden an Weihnachten lebendig. Das macht mich überglücklich.

Ich bin froh und dankbar, dass ich Weihnachten immer noch mit meinen Lieben feiern darf und dass das Kind in der Krippe einen festen Platz in unseren Herzen hat und unser Lebensbegleiter ist.

JUDITH SCHÄFER

ICH BIN FROH
UND DANKBAR, [...]
DASS DAS KIND IN DER KRIPPE
EINEN FESTEN PLATZ
IN UNSEREN HERZEN HAT
UND UNSER
Lebensbegleiter IST.

JUDITH SCHÄFER

ZU BETHLEHEM,
da ruht ein Kind

Zu Bethlehem, da ruht ein Kind,
im Kripplein eng und klein,
das Kindlein ist ein Gotteskind,
nennt Erd und Himmel sein.

Zu Bethlehem, da liegt im Stall,
bei Ochs und Eselein,
der Herr, der schuf das Weltenall,
als Jesukindchen klein.

Von seinem gold'nen Thron herab
bringt's Gnad und Herrlichkeit,
bringt jedem eine gute Gab,
die ihm das Herz erfreut.

Der bunte Baum, vom Licht erhellt,
der freuet uns gar sehr,
ach, wie so arm die weite Welt,
wenn's Jesukind nicht wär!

Das schenkt uns Licht und Lieb' und Lust
in froher, heil'ger Nacht.
das hat, als es nichts mehr gewusst,
sich selbst uns dargebracht.

O wenn wir einst im Himmel sind,
den lieben Englein nah,
dann singen wir dem Jesukind
das wahre Gloria.

ANNETTE VON DROSTE-HÜLSHOFF

EIN HEILIGER ABEND UND
drei Gottesdienste

Weihnachten beginnt bei mir mit einem sehr gemütlichen Frühstück. Daran schließen sich meist schon Vorbereitungen für das Essen an. Als waschechte Frankfurterin gibt es zu Weihnachten Omas Kartoffelsalat und Frikadellen. Der Kartoffelsalat ist natürlich schon längst fertig, aber die Frikadellen müssen vorbereitet werden, genauso wie der Nachtisch (denn dafür wird später kaum Zeit sein).

Im Laufe des Tages wird der Fernseher eingeschaltet, denn auch das gehört für mich zu Weihnachten. Zum gefühlt 100. Mal „Pippi Langstrumpf", „Michel" und „Weihnachten bei den Hoppenstedts" von Loriot schauen und sich trotzdem jedes Jahr wieder kaputtlachen.

Als Mensch, der viel Musik macht, gehen bei mir irgendwann die Gottesdienste los. In meiner Gemeinde gibt es am 24.12. vier Gottesdienste, und es kam schon oft vor, dass ich in allen davon vertreten war. Dieses Jahr geht es für mich mit dem

Kindergartengottesdienst los, in dem wir mit unserem kleinen Quartett die Musik machen. Wie praktisch, wenn man vier junge Leute hat, die alle ein Blechblasinstrument spielen (zufälligerweise auch noch jeder eine andere Stimme), und sie dann auch noch alle singen können. Also mache ich mich um 14:15 Uhr auf den Weg in die Kirche, denn Zeit zu proben hatten wir in der Adventszeit nicht. Der Kindergartengottesdienst ist wegen der vielen Kinder sehr wuselig, aber auch unheimlich knuffig, wenn die Kleinen ihr Krippenspiel aufführen.

Den nächsten Gottesdienst kann ich zum Glück auslassen und komme um 16:45 Uhr wieder in die Kirche, um mit dem Posaunenchor unsere Stücke anzuspielen. In diesem Gottesdienst ist es deutlich ruhiger, da vor allem Erwachsene da sind. Zum Abschluss werden alle Lichter ausgeschaltet. Wie immer haben es im Posaunenchor einige vergessen und sich keine Lampe für den Notenständer mitgebracht. Also werden schnell die Notenständer zusammengeschoben, um das nächste Lied spielen zu können. Wir sitzen mit dem Posaunenchor auf der Empore der Kirche und unten wird nun das Licht weitergegeben.

Jeder hat am Eingang eine Kerze bekommen, nach und nach werden alle angezündet. Die Atmosphäre, die jetzt entsteht, ist in meinen Augen einzigartig für Weihnachten.

Das freundliche Licht der Kerzen, der leuchtende Tannenbaum und schließlich als Abschluss das Singen von „O du fröhliche".

Wenn alles zusammengepackt ist und wir auf den Kirchhof kommen, sind ganz viele Leute da, denen man noch „Frohe Weihnachten" wünscht und mit denen man eigentlich noch ewig reden könnte, weil man sie lange nicht gesehen hat. Aber irgendwann siegt dann doch der Hunger und es geht nach Hause. Jetzt kommt der große Moment von Omas Kartoffelsalat und wie immer esse ich eigentlich viel zu viel.

Dann kommt natürlich die Bescherung und ich freue mich über meine Geschenke. Gemütlich verbringen wir in der Familie diesen Abend, reden und lachen miteinander und trinken einen guten Rotwein zum Fest. Irgendwann schaue ich auf die Uhr und stelle erschrocken fest, dass mein nächster Dienst ruft.

Der Chor singt sich in der Kirche ein, und schließlich beginnt die Christmette. Auch dieser Gottesdienst hat eine ganz eigene Atmosphäre. Wenn dann „Stille Nacht" verklungen ist, verlasse ich mit einigen anderen die Kirche. Denn nach der Christmette empfängt der Posaunenchor die Leute auf dem Kirchhof und spielt noch einige Weihnachtslieder, also: Chormappe weg, Posaune her!

Jetzt ist der offizielle Teil endgültig geschafft.

Dieses Jahr hat unser Posaunenchorleiter uns noch eingeladen. Es ist kalt und die Hände, die beim Spielen bereits halb erfroren sind, können am heißen Glühwein wieder auftauen. Es wird noch eine fröhliche Nacht. Und als ich um 2:00 Uhr nachts nach Hause laufe, weiß ich genau, warum ich den Heiligen Abend so mag, und freue mich bereits aufs nächste Jahr.

HANNAH MÜLLER

STILLE NACHT,
heilige Nacht

Stille Nacht, heilige Nacht!
Alles schläft, einsam wacht
nur das traute hochheilige Paar.
„Holder Knabe im lockigen Haar,
schlaf in himmlischer Ruh,
schlaf in himmlischer Ruh!"

Stille Nacht, heilige Nacht!
Gottes Sohn, o wie lacht
Lieb aus deinem göttlichen Mund,
da uns schlägt die rettende Stund:
Christ, in deiner Geburt.
Christ, in deiner Geburt.

Stille Nacht, heilige Nacht!
Die der Welt Heil gebracht,
aus des Himmels goldenen Höh'n
uns der Gnade Fülle lässt sehn:
Jesum in Menschengestalt.
Jesum in Menschengestalt.

Stille Nacht, heilige Nacht!
Hirten erst kundgemacht,
durch der Engel Halleluja
tönt es laut von fern und nah:
Christ, der Retter ist da!
Christ, der Retter ist da!

FRANZ XAVER GRUBER

WIR GEHEN NACH BETHLEHEM,
immer an Weihnachten

Ich liege auf meinem Sofa, habe ein paar Lebkuchen neben mir stehen sowie eine Tasse Cappuccino. In meinen Gedanken schaue ich auf sechzig Weihnachtsfeste zurück. Na ja gut, alle sechzig Weihnachten sind mir nicht mehr präsent, aber doch noch so einige. Es sind wunderschöne Erinnerungen dabei, die an Weihnachten lebendig werden.

Wie habe ich mich am Heiligen Abend über den geschmückten Tannenbaum gefreut.

Vor allem über die verschiedenen Schokoladenkringel, die am Baum hingen. Tagsüber habe ich versucht, ohne dass meine Mutter etwas merkte, ein paar dieser Süßigkeiten zu essen und die entstehenden Lücken irgendwie zu verdecken. Heute bin ich mir sicher, sie hat es bemerkt und geschwiegen. Es sei denn, sie hat mich gerade auf frischer Tat ertappt, was auch hin und wieder passierte.

Als Weihnachtsgeschenke sind mir eine Autobahn und eine Ritterburg besonders gut im Gedächtnis geblieben. Damit habe ich wochenlang glücklich gespielt. In der Kinderzeit erlebte ich diese Tage anders. Als junger Erwachsener habe ich Gottesdienste mitgestaltet und hin und wieder auch an Heiligabend oder an einem Weihnachtstag gearbeitet. Später habe ich Gottesdienste gehalten oder mit Kindern im Gottesdienst ein Krippenspiel aufgeführt.

Aber mein Weihnachtsklassiker fand nach wie vor in den Jahren 1998 bis 2018 statt.

Ich arbeitete in einer christlichen Seelsorgeeinrichtung. Dort gehörte sehr oft „Wir gehen nach Bethlehem" zum Heiligabend dazu.

Natürlich gingen wir nicht nach Bethlehem, sondern nur in das Nachbardorf. Ein Arbeitskollege hatte dort ein eingezäuntes Grundstück mit Wiese, Holzhütte und einem geschützten Unterstand. Dieser Ort wurde am 23. Dezember zum Stall von Bethlehem umgewandelt.

Tische und Bänke wurden aufgebaut. Eine Krippe stand im Mittelpunkt, mit einer Puppe drin. Einen Tag später, am Heiligabend, wurde nachmittags heißer Tee und alkoholfreier Punsch in Thermoskannen mit Bechern und Plätzchen hingefahren. Auch Gitarre und Liederhefte durften nicht fehlen.

Dann gingen wir Heiligabend zwischen 16:00 Uhr und 16:30 Uhr als Gruppe mit ca. 20 Personen los. Es sollte ja auf dem Weg nach „Bethlehem" dunkel werden. Deshalb wurden auch einige Fackeln verteilt, um etwas Licht zu haben, wenn wir über Wiesen und Felder liefen. Von unseren Gästen kannte niemand den Weg, es sollte eine Überraschung für sie werden.

Jeder bekam eine kleine Aufgabe mit auf den Weg. Entweder wurde überlegt, was jedem Weihnachten bedeutet, oder jeder durfte sich in eine Weihnachtsperson (Maria, Josef, Wirt, Hirten, Ochs und Esel usw.) hineinversetzen. Am Ziel, in „Bethlehem", wurde sich dann darüber ausgetauscht. Der gemeinsame Austausch war interessant, weil es von einzelnen Personen neue interessante Gedanken gab, z. B., ob der Wirt Maria und Josef nun den schlechtesten Schlafplatz gab, den er hatte, oder ob er den beiden alles gab, was er bieten konnte.

Beim Austausch gab es dann Tee oder Früchtepunsch und Plätzchen.

Irgendwann bei unserem Zusammensein erklang von Weitem Trompetenmusik.

„Stille Nacht, heilige Nacht" ertönte in der Dunkelheit. Der Trompetenklang wurde lauter, weil er näher an uns herankam. Mein Arbeitskollege, dem das Grundstück gehörte, oder auch sein Sohn, spielten jedes Jahr, wenn wir in „Bethlehem" waren, dieses Lied.

Bei -15 Grad bis +5 Grad waren wir unterwegs und so manches Jahr waren wir total durchgefroren. Manchmal war es trocken, manchmal schneite es und wir mussten durch den dicken Schnee stapfen oder es regnete. Na ja, wir haben es alle überstanden und freuten uns stets, wenn wir uns später zu Hause aufwärmen konnten und es abends dann ein köstliches Weihnachtsessen gab.

Ja, ich denke gerne an diese Zeiten zurück, weil es schöne „Spaziergänge nach Bethlehem" waren. Aber vor allem, weil einer der letzten „Bethlehem-Aufenthalte" mein Herz besonders berührte. Wir haben das Lied „Ich steh an deiner Krippen hier" gesungen.

Ich kenne es gut, aber es hat mich nie so sehr vom Hocker gerissen. Doch seit jenem Abend gibt es bei mir kein Weihnachten mehr ohne dieses Lied. An diesem Weihnachten habe ich erst die tiefen Aussagen, die Paul Gerhardt in diesem Lied beschrieben hat, begriffen. Vor allem die letzte Strophe hat es mir angetan:

*Eins aber, hoff ich, wirst du mir,
mein Heiland, nicht versagen:
dass ich dich möge für und für
in, bei und an mir tragen.
So lass mich doch dein Kripplein sein;
komm, komm, und lege bei mir ein
dich und all deine Freuden.*

    Jesus will von der Krippe in Bethlehem in mein Herz übersiedeln. Das hat er schon vor über 40 Jahren bei mir getan, aber irgendwie hat mich diese Strophe noch einmal neu berührt. Sie ist seit einigen Jahre mein Weihnachtsgebet.

Und ich wünsche mir nichts sehnlicher, als dass mein Herz eine Krippe für Jesus ist, in der er sich wohlfühlt. An jedem Tag im Jahr, nicht nur Weihnachten.

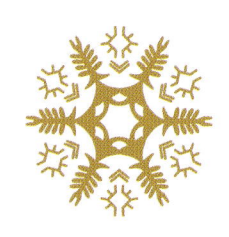

MICHAEL DINTER

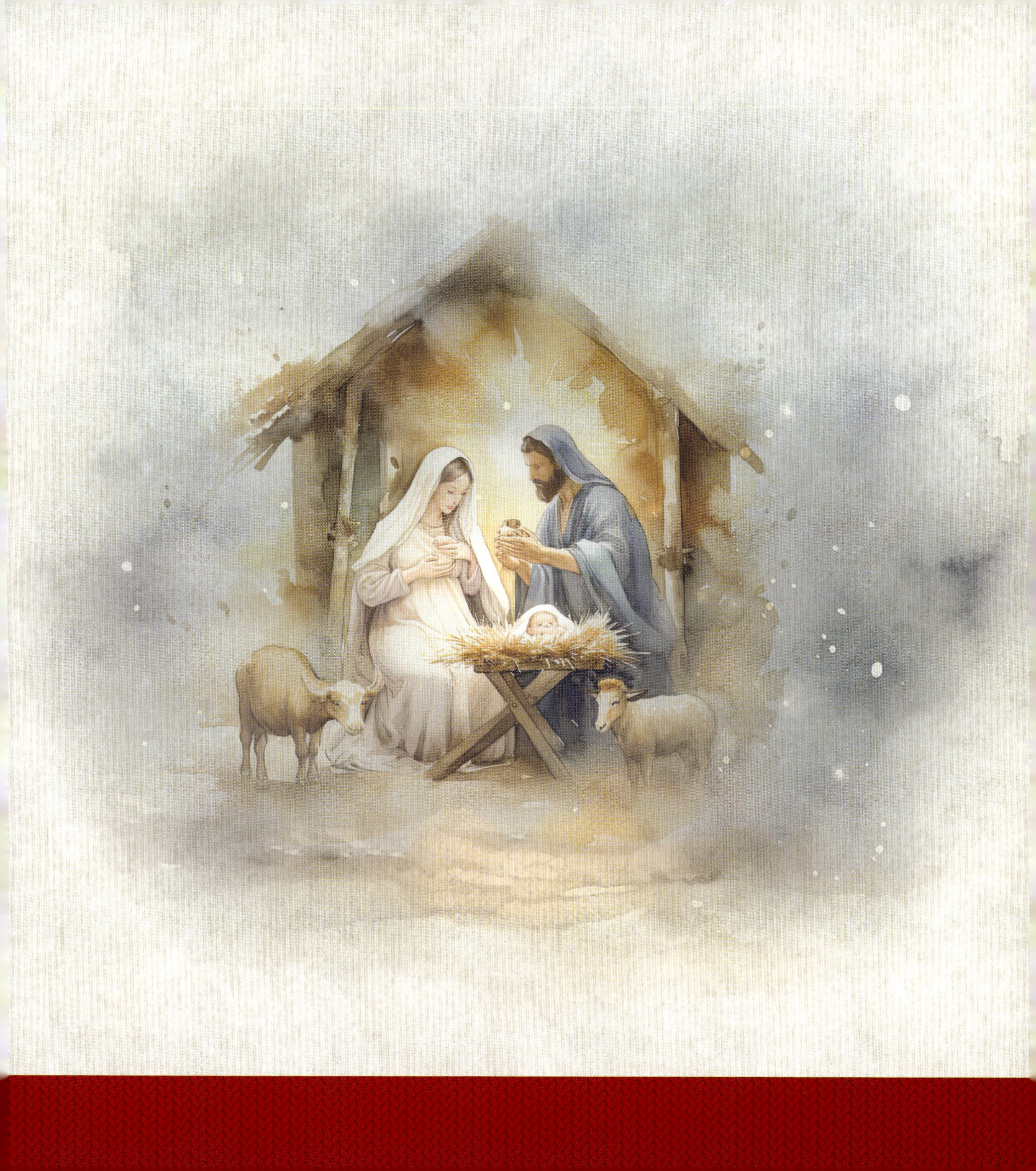

Und ich wünsche
mir nichts sehnlicher,
als dass mein Herz
eine Krippe für Jesus
ist, in der er sich wohlfühlt.
An jedem Tag im Jahr,
nicht nur Weihnachten.

Michael Dinter

DAS CHRISTKIND
kommt

Die Kerzen vom Adventskranz sind fast runtergebrannt und das Weihnachtsfest steht unmittelbar bevor. Eine knisternde, heimelige Stimmung ist spürbar und ein stiller Zauber legt sich über die bevorstehenden Feiertage und taucht diese in einen heiligen Glanz. In mir erwacht wieder das Kind und ich fühle tief in mir diese angespannte und fröhliche Erwartung, auch wenn ich nicht mehr so ungeduldig wie einst auf die Bescherung warte. Der Duft von Plätzchen und Tannengrün zieht durch das ganze Haus und ich freue mich auf den geschmückten Baum, der jedes Jahr aufs Neue erstrahlt und dem Weihnachtszimmer seine Festlichkeit verleiht.

Der Heilige Abend ist da und dieser Tag weckt in mir liebevolle Erinnerungen an längst vergangene Weihnachtszeiten. Es ist früher Nachmittag, es beginnt langsam zu dämmern und ich zünde noch einmal die Kerzen an. Vergessen ist alle Eile, Ruhe kehrt ein, es kann Weihnachten werden.

Im Licht der kleinen Flammen gehen meine Gedanken auf

die Reise in meine Kinderzeit, und wie immer am Heiligen Abend warten wir auf das Christkind …

In meiner Kindheit war das Warten auf das Christkind stets besonders, denn es kam leibhaftig in Form einer lieben „verkleideten" Bekannten vorbei. Für uns Kinder war dieser Moment unvergesslich und fast schon heilig. Wir konnten es kaum erwarten, bis es langsam dämmrig wurde, ungeduldig sehnten wir die Bescherung herbei.

Wenn sich dann die Familie mit Oma und Opa im Wohnzimmer versammelte, konnte es nicht mehr lange dauern. Auch die Erwachsenen wirkten andächtig und in Erwartung des ungewöhnlichen Besuchers. Immer wieder schauten wir auf die Straße. Es war bereits dunkel geworden; unsere Augen suchten nach dem Christkind, das sich auf den Weg zu uns gemacht hatte.

Und dann war es so weit! Am späten Nachmittag des Heiligen Abends läutete die Glocke. Meine Schwester und ich trauten uns nicht, die Tür zu öffnen; wir waren so freudig aufgeregt. Diese Aufgabe übernahmen unsere Eltern und sie geleiteten feierlich den besonderen Gast in unser Haus.

Die Anwesenheit des Christkindes erfüllte die ohnehin schon festlich geschmückte Wohnstube mit einem besonderen Glanz.

Wir Kinder wurden „mucksmäuschenstill" und lauschten andächtig den Worten des Christkindes, die auf einer goldenen Rolle niedergeschrieben waren. Mit seiner feinen und freundlichen Stimme lobte es uns, nannte aber auch so manche Untat, die wir im Laufe des Jahres begangen hatten. Jedoch empfanden wir diesen gut gemeinten Tadel von „höchster Stelle" nicht strafend, sondern eher wohlwollend. „Was das Christkind doch alles wusste?", erstaunte uns immer wieder neu. Ich bin froh, dass wir damals noch einen solchen kindlichen Glauben haben und leben durften. Freilich hatten die Eltern im Vorfeld gute Informationsarbeit geleistet, aber das wussten wir Kinder natürlich nicht. Nach einem Gedicht und einem gemeinsam gesungenen Weihnachtslied nahte der Höhepunkt und das Christkind persönlich überreichte uns die „mitgebrachten" Päckchen. Diese Gaben waren für uns so besonders, dass wir die Geschenke noch lange mit anderen Augen betrachteten. Unsere Wertschätzung war hoch, denn der „Geber" war ja alles andere als alltäglich. Abschließend geleiteten wir mutig und dankbar das Christkind zur Haustür, damit es auch andere Kinder beschenken konnte. Seine engelsgleiche Gestalt leuchtete in der Dunkelheit und wir schauten so lange hinterher, bis wir das Christkind nicht mehr sehen konnten.

Noch einige Zeit wirkte dieser Besuch in uns Kindern nach. Ein Zauber lag über diesem Abend, der sich tief ins Gedächtnis einprägte. Es waren wunderschöne, ja fast „heilige" Momente, die wir im Kreis der Familie erlebten. Dankbar möchte ich mir diese Erinnerungen bewahren und den Glanz und die Anmut dieser besonderen Zeit am Heiligen Abend im Herzen tragen.

Die Kerzen sind erloschen und meine lebendige Gedankenreise ist zu Ende. Mit dieser lieben Erinnerung in mir öffne ich wieder neu mein Herz für die Weihnachtsbotschaft. Der Himmel steht offen und der Heilige Abend lädt dazu ein, das wahre Christkind in der Krippe zu empfangen. Und wenn das Glöcklein am heutigen Abend wieder leise erschallt, dann hat das Warten ein Ende.

Das Christkind ist da und seine Liebe berührt mich. Es will mich reich beschenken, alle Jahre wieder.

Wer die Weihnachtsbotschaft vom Christkind in der Krippe mit dem Herzen aufnimmt, trägt die Liebe Gottes und sein Licht in den Alltag hinein und jeder Tag kann ein Weihnachtstag sein.

BIRGIT ORTMÜLLER

DAS
Weihnachtsfest

Vom Himmel bis in die tiefsten Klüfte
ein milder Stern herniederlacht;
vom Tannenwalde steigen Düfte
und kerzenhelle wird die Nacht.

Mir ist das Herz so froh erschrocken,
das ist die liebe Weihnachtszeit!
Ich höre fernher Kirchenglocken,
in märchenstiller Herrlichkeit.

Ein frommer Zauber hält mich nieder,
anbetend, staunend muss ich stehn,
es sinkt auf meine Augenlider,
ich fühl's, ein Wunder ist geschehn.

THEODOR STORM

AM ABEND
vor Weihnachten

Dämmerstille Nebelfelder,
schneedurchglänzte Einsamkeit,
und ein wunderbarer weicher
Weihnachtsfriede weit und breit.

Nur mitunter, windverloren,
zieht ein Rauschen durch die Welt.
Und ein leises Glockenklingen
wandert übers stille Feld.

Und dich grüßen alle Wunder,
die am lauten Tag geruht,
und dein Herz singt Kinderlieder,
und dein Sinn wird fromm und gut.

Und dein Blick ist voller Leuchten,
längst Entschlafnes ist erwacht …
und so gehst du durch die stille
wunderweiche Winternacht.

WILHELM LOBSIEN

DIE WEIHNACHTSGESCHICHTE
nach Lukas

In dieser Zeit befahl Kaiser Augustus, alle Bewohner des Römischen Reiches in Steuerlisten einzutragen. Eine solche Volkszählung hatte es noch nie gegeben. Sie wurde durchgeführt, als Quirinius Statthalter in Syrien war. Jeder musste in seine Heimatstadt gehen, um sich dort eintragen zu lassen. So reiste Josef von Nazareth in Galiläa nach Bethlehem in Judäa, der Geburtsstadt von König David. Denn er war ein Nachkomme von David und stammte aus Bethlehem. Josef musste sich dort einschreiben lassen, zusammen mit seiner Verlobten Maria, die ein Kind erwartete. In Bethlehem kam für Maria die Stunde der Geburt. Sie brachte ihr erstes Kind, einen Sohn, zur Welt. Sie wickelte ihn in Windeln und legte ihn in eine Futterkrippe im Stall, denn im Gasthaus hatten sie keinen Platz bekommen.

In dieser Nacht bewachten draußen auf den Feldern vor Bethlehem einige Hirten ihre Herden. Plötzlich trat ein Engel des Herrn zu ihnen, und die Herrlichkeit des Herrn umstrahlte sie. Die Hirten erschraken sehr, aber der Engel sagte: „Fürchtet euch nicht! Ich verkünde euch eine

Botschaft, die das ganze Volk mit großer Freude erfüllen wird: Heute ist für euch in der Stadt, in der schon David geboren wurde, der versprochene Retter zur Welt gekommen. Es ist Christus, der Herr. Und daran werdet ihr ihn erkennen: Das Kind liegt, in Windeln gewickelt, in einer Futterkrippe!" Auf einmal waren sie von unzähligen Engeln umgeben, die Gott lobten: „Ehre sei Gott im Himmel! Denn er bringt der Welt Frieden und wendet sich den Menschen in Liebe zu." Nachdem die Engel in den Himmel zurückgekehrt waren, beschlossen die Hirten: „Kommt, wir gehen nach Bethlehem. Wir wollen sehen, was dort geschehen ist und was der Herr uns verkünden ließ." Sie machten sich sofort auf den Weg und fanden Maria und Josef und das Kind, das in der Futterkrippe lag. Als sie es sahen, erzählten die Hirten, was ihnen der Engel über das Kind gesagt hatte. Und alle, die ihren Bericht hörten, waren darüber sehr erstaunt. Maria aber merkte sich jedes Wort und dachte immer wieder darüber nach. Schließlich kehrten die Hirten zu ihren Herden zurück. Sie lobten Gott und dankten ihm für das, was sie gehört und gesehen hatten. Es war alles so gewesen, wie der Engel es ihnen gesagt hatte.

LUKAS 2, 1–20

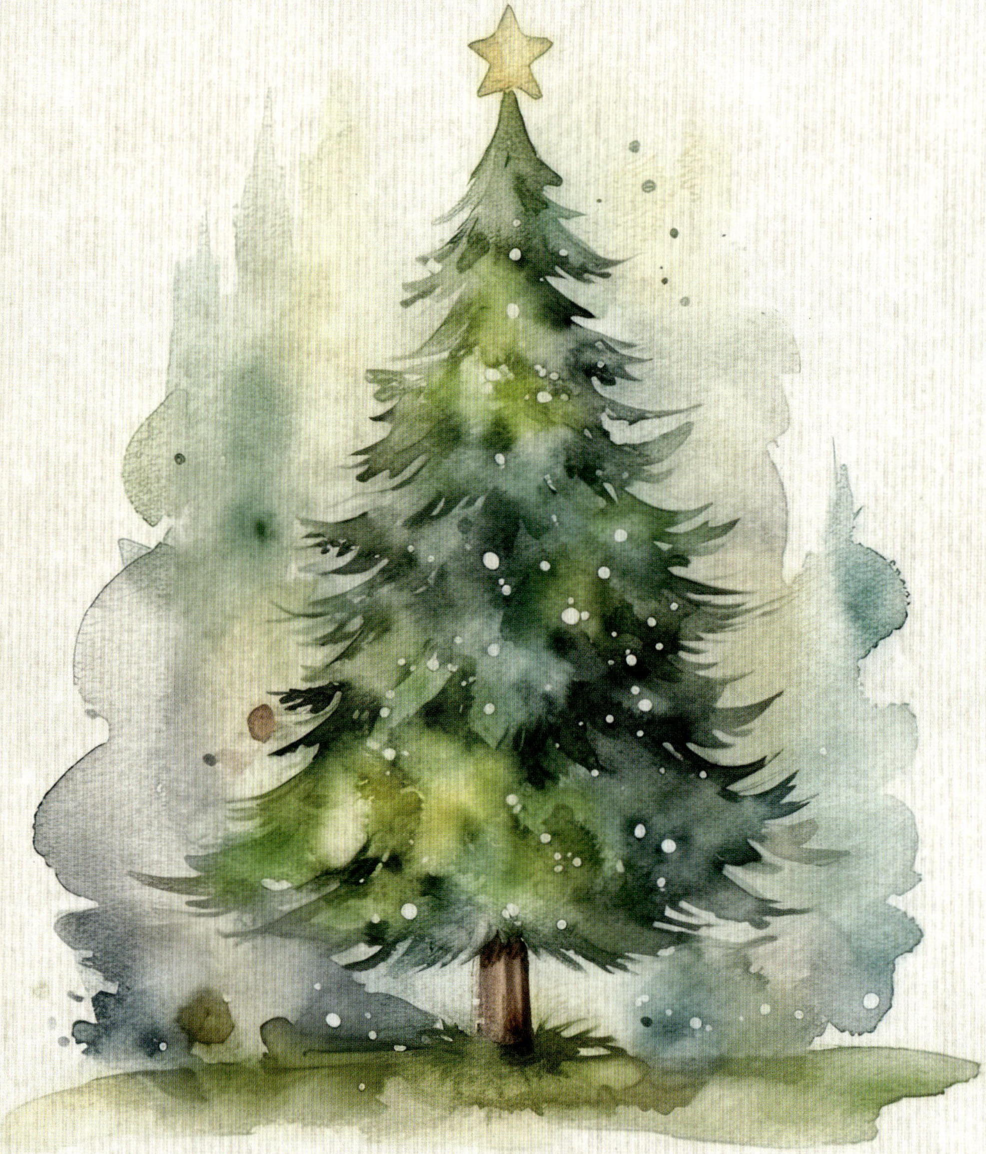

Danke

Die stille Heilige Nacht

In die Stille der Heiligen Nacht
bist du hineingeboren,
du Sohn Gottes.
Deine Ankunft bringt Rettung
und Licht in diese Welt.
Durch deine Geburt
wird die stille Nacht heilig!

Ich bedanke mich herzlich bei allen Autorinnen und Autoren, die mit ihrer persönlichen Weihnachtsgeschichte dieses Buch bereichert haben. Danke, dass Sie uns an Ihrem Weihnachten teilhaben lassen und Ihr Weihnachtsfenster weit öffnen. Alle Texte sind berührend, wertvoll und wecken liebevolle Erinnerungen an vergangene Feste. Sie tragen die Weihnachtsbotschaft in unsere Herzen.

BIRGIT ORTMÜLLER

Über die Herausgeberin

Birgit Ortmüller, 55 Jahre, verheiratet, drei erwachsene Kinder. Betriebswirtin, Dozentin in der Erwachsenenbildung, Lehr- und Prüfauftrag an der Hochschule. Vorsitzende in diversen Prüfungsausschüssen der Aus- und Weiterbildung, Fachbuchautorin.

Ich bin in einem gläubigen Elternhaus aufgewachsen und habe früh zum Glauben an Jesus Christus gefunden. Er ist mein festes Lebensfundament und davon schreibe und erzähle ich sehr gerne. Mit Gott an der Seite ist es spannend, das Leben zu entdecken. Die Gewissheit, dass er selber jeden einzelnen Tag geplant und bestimmt hat, schenkt Gelassenheit und Zuversicht.
Seit einigen Jahren schreibe ich Artikel und Bücher für christliche Verlage und Frauenzeitschriften.

> Wer die Weihnachtsbotschaft
> vom Christkind in der Krippe
> mit dem Herzen aufnimmt,
> trägt die Liebe Gottes
> und sein Licht in den Alltag hinein
> und jeder Tag kann
> ein Weihnachtstag sein.
>
> BIRGIT ORTMÜLLER

Quellennachweise

Texte: Der goldene Rahmen: © bei der Autorin
Die Weihnachtsgeschichte nach Lukas ist der Bibelübersetzung Hoffnung für alle® entnommen, Copyright © 1983, 1996, 2002, 2015 by Biblica, Inc.®. Verwendet mit freundlicher Genehmigung des Herausgebers Fontis.

Abbildungen: Cover, S. 3f., 12, 17, 20f., 27, 38, 49, 57ff., 82f., 90f., 110ff., 135, 141, 150, 162f., 175f., 183, 188: © Naturestock (Hintergrundfläche); Cover, Vor- u. Nachsatz, S. 8f., 18f., 32f., 50f., 80f., 108f., 122f., 142f., 186f.: © Ирина Счастливая (Strickmuster); Cover, S. 3ff., 8–16, 20f., 22–31, 34–39, 42–48, 52–79, 82–107, 110–121, 124–129, 132–140, 146–167, 170–174, 176–183, 189, 191: © Nikole (Sterne, Zweige, Beeren, Vögel, Kranz); Cover, S. 3: © Maribor (gelbe Hintergrundfläche); Cover, S. 6f., 40f., 130f., 144f., 168f., 184f.: © Daryartsy (Häuser, Zweige, Beeren); S. 2, 13, 26, 39, 56, 73, 89, 96, 113, 151, 161, 177: © B.G. Photography (Kranz); S. 17: © 60seconds (Reh); S. 18f., 32f., 50f., 80f., 108f., 122f., 142f., 186f.: © Veris Studio (Beeren, Zweige) S. 20f., 58ff., 82f., 90f., 110ff., 162f.: © IMR (Kranz); S. 22, 25, 28, 30, 35, 37, 44, 46, 52, 54, 59f., 66, 70, 74, 78, 87, 93, 99, 104, 106, 111, 114, 117, 126, 133, 137, 138, 147, 148, 153, 154, 159f., 166, 172, 174, 180, 182, 184f.: © L. Kramer (Schneeflocken); S. 49, 188: © olegganko (Baum); S. 141, 175: © Катерина Євтехова (Landschaft, Himmel); S. 176: © sevector (Krippe) – alle: stock.adobe.com

Bibliografische Information der Deutschen Nationalbibliothek
Die Deutsche Nationalbibliothek verzeichnet diese Publikation in der Deutschen Nationalbibliografie; detaillierte bibliografische Daten sind im Internet über http://dnb.d-nb.de abrufbar.

Das Gesamtprogramm von Butzon & Bercker finden Sie im Internet unter www.bube.de

ISBN 978-3-7666-3703-1

© 2024 Butzon & Bercker GmbH, Hoogeweg 100, 47623 Kevelaer, Deutschland
www.bube.de
Alle Rechte vorbehalten.
Umschlaggestaltung: Anne Frahm, Kevelaer
Layout und Satz: Roman Bold & Black, Köln